徳間文庫

ジェームス山の李蘭

樋口修吉

徳間書店

目　次

プロローグ　7

第一章　前《ぜん》奏《そう》曲《きょく》　13

第二章　極《ごく》道《どう》志《し》願《がん》　75

第三章　山《やま》手《て》鷺《さぎ》山《やま》ブルース　139

第四章　ジェームス山《やま》の李《り》蘭《らん》　223

エピローグ　307

解説　色川武大　311

Design　円と球

a love letter fo

ジェームス山の李蘭

Li Lan

プロローグ

一九八二年の冬、神戸のジェームス山の麓《ふもと》で、火事が発生した。黄昏《たそがれ》どきの突風に吹きあおられて、火元の古びた洋館は、たちまちのうちに焼け落ちてしまったが、折から降りはじめた激しい雨と、すぐさま駆けつけた地元の消防署員の手際よい消火作業のおかげで、他家に延焼することなく、被害は火元の一軒家だけであった。

そして焼け跡から、一人の女の焼死体が発見された。

中国人で、その名は李蘭《りらん》といった。

正式には神戸市垂水《たるみ》区塩屋町西ノ田という地域に建っていたその洋館建ての二階家に、八坂葉介《やさかようすけ》は、李蘭と一緒に四半世紀近く暮らしていた。

その昔、カナダからやって来たジェームスという英国人の貿易商が、その界隈《かいわい》を開発して、自分の邸のほかにも五十軒ばかりの洋風貸家を建てたことから、いつしかあたり一帯ジェームス山と呼ばれているが、李蘭の名義になっていた建物は、ジェームスが来日する以前の昭和の初めに建てられていて、その土地の草分け的な存在だった。

李蘭が住んでいた二階家は、敷地二十五坪、建坪二十坪たらずのこぢんまりとしたもので、本来は、大邸宅に付随する車庫兼お抱え運転手の住宅として建てられたものであった。

一階が車庫、二階が住居となっている頑丈なだけが取り柄《え》の建物だったが、それでも屋根には赤い洋瓦がふかれ、洋風の煙突もついていた。

隣接していた母家《おもや》は、戦時中に取り壊されて、しばらくは広大な空地だったけれども、今では三方を充分な緑にかこまれた白亜のマンションが聳《そび》えている。

そのガレージつき洋館が土地ぐるみ、どういう経緯で中国人の李蘭の所有になっていたのか、詳しいことを葉介は知らない。ただ、李蘭の左腕と関係があるらしい。そのことを何度か李蘭の古い友人である杏子《きょうこ》から仄《ほの》めかされたことがある。

十年をひと昔というのなら、その三倍近くも以前のことになるが、当時二十歳になったばかりの葉介が初めて出遇《であ》ったときから、李蘭の左腕は肩口から削《そ》ぎ落とされていた。

けれどもその頃から、ずっと後年に至るまで、彼女はいつも艶《あで》やかで、容色褪《あ》せることなく気品にみちていて、暗い翳《かげ》りを人に見せることはなかった。

肌理《きめ》細かくて、水でもお湯でもたちまち弾《はじ》いてしまう白磁のような肌には、絹のチヤイナドレスと繻子《しゅす》の靴がとても似合うのだが、まるで火傷《やけど》の跡のように盛り上がった左肩の切り口を人目に曝《さら》すのを嫌がって、いつも長袖のものばかり身につけていた。

純粋な中国人なのに、李蘭は、日本語の綴《つづ》りに妙にうるさくて、バイオリンではなくてヴァイオリン。ウイスキーは駄目、ウヰスキー。ジェームス山も、本当はゼームス山なのよと、ときたま言っていたけれど、これは国籍の違いからではなくて、むしろ生まれ育った年代の相違からくるものだと、ひとまわり以上も年下の葉介は、いつも内心苦笑しながら思ったが、「蝶蝶」は、てふてふのほうがずっと美しいという李蘭の意見には、なかば賛同していた。

昭和一桁《ひとけた》のどんじりに近い年に生まれた葉介でも、安西冬衛さんの名作ぐらいは知っている。

その一行詩は、ダッタンの海を健気《けなげ》にも一匹で越えていく生き物を歌ったもので、たしか全文は、

「てふてふが一匹韃靼《だったん》海峡を渡つて行つた」

だったと思う。

ところで、二人の馴《な》れ初《そ》めの頃、李蘭は、葉介のことを、

「あなたはやさしいし、よく気がつくから、きっと人には好かれるわね。でも、どこかまともじゃないところがあるわ」

と、何度も繰り返して言っていた。

そんなことを言われるたびに、若い葉介の心は揺れ動いた。まるで風に吹かれる葦《あし》や、笛に踊らされるコブラのように。

そして、この物語のほとんどの章は、李蘭のことではなくて、壺のなかのコブラである葉介のことに、もっぱら触れなければならない。

そうでなければ、肝心《かんじん》の女蛇使いのことまで描けないし、それに第一、葉介は、李蘭の生い立ちなど彼女の前半生については知らないことが多すぎるのだ。

したがって話は、葉介が、李蘭と知り合うはるか以前の一九四〇年代の中期にまで遡《さかのぼ》ることになる。

a love letter fo

第一章
前《ぜん》奏《そう》曲《きょく》

Li Lar

1

八坂葉介には、生来、ジゴロとなる素質があるようであった。

戦争末期、周囲の大人たちから、将来の抱負を訊《たず》ねられると、

「海軍士官だよ」

ぼそっと答えて、お茶をにごしていたが、これは、真剣に思い悩んだ末の発言ではなかった。

腰の短剣や、白い手袋が、スマートであるというのが、海軍士官と答える理由の一つであったが、子供心にも、数年先に確実に迫ってくるにちがいない「死」というものを自覚していたから、どうせ、先行き、朽《く》ち果てるのなら、草むす屍《かばね》より、水漬《みづ》く屍のほうが、多少は見ばがよいのではないかという程度の思いであった。

海軍士官は、あくまで、建て前としての返答だった。

かりに、葉介の幼年期が、国をあげて戦争に突入していた時代ではなくて、いくぶん穏《おだ》やかな状況であったとしても、この少年が、その心の裡《うち》に、確実に育て上げたにちがいないと思われる病的な傾向があった。

肉親にも気軽に打ち明けられないよこしまな夢をみていたのである。

戦争中は、軍医であった父親の蔵書を読みあさった。

敗戦直後は、映画館に入り浸っていた。

そして、書物のなかで、気に入った女主人公に行きあたると、一人うなずいた。そのヒロインとは、「椿姫」のマルグリットや、谷崎潤一郎の「刺青」で女郎蜘蛛《じょろうぐも》を彫《ほ》り込《こ》まれる娘などであり、かたやスクリーンで、「外人部隊」のマリー・ベルや「格《こう》子《し》なき牢獄」のコリンヌ・リュシエールなど素敵な女優を見つけると、かたく心に誓った。

唇を噛《か》みしめ、掌《たなごころ》に汗して、誰にともなく決然とつぶやくのだった。

〈今に、こういう女と、対等につき合ってやるぞ。必ず一流の遊び人になってやる〉

すなわち、名うてのプレイボーイになることが、八坂葉介の子供の頃からの大志なのであった。

さりとて、その悲願を成就《じょうじゅ》させるために、大金持ちになろうだとか、スポーツ選手になろうなどとは考えなかった。

漠然とだが、ただひたすらに、自分の生涯をかけて、遊びの奥義《おうぎ》を見極めんものと意気込んでいたのである。

子供の頃から、十代の後半にかけて、葉介が感激した映画といえば、「第三の男」や「天井桟敷《さじき》の人々」は別格として、「邪魔者は殺せ」、「さすらいの涯《はて》」（Ｊ・デュヴィヴィエ監督の「旅路の果て」の誤りではない。ジョン・ガーフィールド主演のアメリカ映画で、なぜかミシュリーヌ・プレールが客演していた）、「罠《わな》」、それに、リチャード・ウィドマークの「拾った女」（ニューヨークの地下鉄を縄張りにした掏摸《すり》が主人公となる映画であり、後にハワード・ヒューズ夫人となったジーン・ピータースが共演していた。余談になるが、この女優は、凄くいい感じで、葉介が、その頃、夜ごと密《ひそ》かに憧れていたのは、この手の女性である）などであった。

どの作品にも、共通点がある。

いずれも、主人公が、独立運動の資金稼ぎで傷つき逃げまどう男、中年ギャンブラー、八百長の出来なかったロートル・ボクサー、はたまた原題どおりのＰＩＣＫ・ＰＯＣＫＥＴ稼業と、世を拗《す》ねた、はみ出し人間のオン・パレードなのであった。

葉介自身の不吉な未来を予測させるような人物ばかりであったが、どの主人公にも、かなりの美女がつきまとっていることから、そんな人生もまんざら捨てたものではないにちがいないと、頑《かたく》なに一筋の道を思いつめていた。

けれども、たまに因数分解のむつかしい問題を、やっとのことで解き終わったあとなど、そのときだけは理詰《りづ》めの公式に染《そ》まっている頭で考えてみると、自分の心の奥底に埋められている歪《ゆが》んだ磁石に思い当たって、冷水を浴びせられた感じがすることがあった。

しかし、それとても束の間のことで、次の瞬間にはけろりとして、己の人生航路の檜《ひのき》舞台での晴れ姿を、あれこれと思いめぐらすのだった。

容貌に関していえば、エロール・フリンやロバート・テイラーのような二枚目になりたいとは考えなかったが、ビットリオ・ガスマンやルイ・ジュールダンといった渋くて繊細《せんさい》な優男《やさおとこ》には、ぜひともあやかりたいものだと、溜息をついていた。

その実《じつ》、葉介の顔つきは、ジャック・レモンとホーギィ・カーマイケルをミックスしたようなものであった。

強《し》いて取り柄《え》をあげれば、顔が小さくて手足が長く、少年ながらに日本人ばなれのした風貌をしていることであった。

自分の目標としている人間像と、両親から授かった現実の軀《からだ》とのギャップを埋めるために、葉介は、せめてもの思いで、語学の勉強にだけは精を出した。

気に入った洋画のシナリオを、四本ばかり丸暗記したし、深夜は、進駐軍の放送W

VTR（現在のFEN）に耳をかたむけた。

日曜日になると、教会に通った。礼拝のためではない。老牧師に英文法の基礎をじっくりと教わるためであった。

それというのも、遠く海外でも通用する超一流の遊び人を目指していたからであるし、かたや、軀の鍛練も怠らなかった。

極端なスポーツ愛好家であった両親のあいだに生まれたおかげもあってか、たしかに外観だけは、すこやかに逞《たくま》しく成長して、よく陽に灼《や》けて引き締《し》まった軀つきとなったが、葉介の心のなかには、前述のプレイボーイ志向に加えて、幼児の頃からの、数々の重大な欠陥があった。

軍医であった父親は、生前、早朝には庭に出て、一人息子と一緒に、木刀の素振りをすることを、日課としていた。

夕刻になると、今度は、その息子を、座敷に坐らせて、単調な動作を、繰り返し行なうことを命じた。

茶碗一杯に山盛りにした大豆を、竹箸で、一粒ずつ摘《つま》んでは、かたわらの漆塗《うるしぬ》りのお盆の上に移動させる作業である。

それも、一粒でも落とせば、最初から、やり直しなのであった。

これは、葉介の病的なまでの癇性《かんしょう》を、少しでも正常なものとするためだった。

幼児の頃から、葉介は、妙なものを欲しがり、いとおしんだ。

片眼のつぶれたブルドッグ、頭部のひしゃげた武者人形、空襲で熔けただれた教会のステンドグラスの塊《かたま》りなどである。

ふつうの子供とちがって、新発売の奇を衒《てら》った玩具などには、けっして見向きもしなかったが、そのかわり、年に二、三度、両親を極度に困惑させることがあった。

それも、ある日突如として、騒ぎをおこすのであった。

たまに、家族三人で、小旅行をした折など、旅先の田舎町の薄暗い店先に、埃《ほこり》をかぶった旧式の潜水艦の模型などを見つけると、葉介は、それを手に入れるまで、その場を離れようとはしなくなるのだ。

強引に手足を引張っても、地団駄《じだんだ》ふんで、動こうとはしない。

「おうちに帰って、もっといいのを買ってあげますからね」

と、母親がなだめても、すかしても、

「あれじゃなきゃあ、ダメ！」

地面に腰をおろして欲しがりつづけ、そのうち、引き付けをおこし卒倒してしまうのであった。

剣道自慢の父親も、木刀だけでは、どうにも直せなかった葉介の悪癖だった。

そこで、大豆と竹箸による療法が考え出されたのだが、その成果を見とどけることもなく、父親は、突然に亡くなってしまった。

敗戦直後に、母親の生家がある横浜に舞い戻ったものの、磯子《いそご》の高台にあったその家は、大空襲で跡形もなかった。やむなく茅ケ崎にあった崩壊寸前の別荘を一部だけ修復して、そこに住みつくことになった。

住む家が定まると、母親は、早々《そうそう》に自活のための職探しを心がけたが、ほどなく彼女には格好の仕事が見つかった。

その昔、女医を目指して、大学病院で麻酔の研究に専念したことがあった母親は、その経験を生かしてか、新種の香水を調香《ちょうこう》するという珍しい仕事に取り組みはじめたのだ。

ほどなく研究所や工場に出かけることが多くなり、ほとんど留守がちとなったために、その間、葉介は、思う存分《ぞんぶん》に羽を伸ばして、映画館通いを堪能《たんのう》することができる境遇になった。

葉介の中学、高校が、横浜にあったことも、彼にとっては、まことに好都合だった。伊勢佐木町のオクタゴン劇場や、野毛のマッカーサー劇場などといった映画館が多かったという理由だけではない。

陽気なGIや予科練がえりの若者たちが闊歩《かっぽ》して、妙に活気にあふれていた当時の横浜の街は、不良少年が、数々の悪事を企《たく》らんで映画館の入場料などの小金を手にするには、打ってつけの場所であったからだ。

2

横浜本牧《ほんもく》の三溪園《さんけいえん》の裏手に、敗戦の年から一九五〇年代の初頭にかけて、セント・ジルチという名の学園があった。

二度ほど卒業生を出したところで、文部省が制定した学校法に合致しないということで、廃校処分となり、今では、この世に存在していない。

現在、入国者収容所の敷地となっているあたりに建っていたこのセント・ジルチが、葉介の母校である。

アメリカからやって来た修道尼たちによって設立され、当初は、サンタ・マリア学園と名づけられて、音楽教育を主体に、女生徒ばかりを対象とした中学校にする予定であった。

それが折から応援に駆けつけたカナダやアメリカの修道僧や日本人の若い教師たちの力によって、男女共学の中等部としてスタートすることになり、セント・ジルチ学園と改称したのであった。

後に、園児の成長につれて学園を拡張することになり、高等部も新設されたのだが、葉介は、このセント・ジルチの中等部に、一年生の三学期から転入生として入園した。

校風は、とてもユニークだった。

女生徒のほうは、音楽学校に進む子が多くてとても質が良いのだが、男子生徒は、無試験で募集した割には少数であり、後の世でいう落ちこぼれといった感じの少年が多く、当然のことながら、クラスは、男女別に編成されていた。

女子クラス三対男子クラス一という構成で、女子部のほうは、遠目で眺めただけでも、教師と生徒がまるで友人同士のようであったけれども、これに対して、男子部の授業は、日本人の若い教師が担当しており、当時には珍しくスパルタ教育であった。

男子部の教室では、竹篦《たけべら》や平手《ひらて》による往復ビンタなどは、日常茶飯事《さはんじ》であったが、荒っぽいことに関してなら、葉介は、あまり意に介さなかった。

子供の頃から、父親に、木刀でしごかれ続けてきたからだ。

学園長の温情主義により、退校処分の存在しなかったこのセント・ジルチで、葉介は、密《ひそ》かに悪のシンジケートを結成して、少年の体力と頭脳で可能な悪戯《ぎ ら》の限りをつくしたのだが、その詳細に触れてもキリがないので、まずは彼が教師嫌いになっていった数々の出来ごとから話を進めていきたい。

少年は、ある日突然に教師のことを嫌いになるわけではない。

些細《ささい》な出来ごとが積み重なって、不信の念を募《つの》らせていくのではないだろうか。

葉介が、女性教師の気まぐれさ、残酷さを痛感することのきっかけとなったのは、俳句だった。

ある朝、茅ケ崎の家で、縁側のつきあたりにある手洗いの小窓をあけると、庭には、名も知れぬ野花が、うじゃうじゃと、鳥膚《とりはだ》が立つくらいに、毒々しい色合いで、咲き乱れていた。

少しばかり遅刻をしてセント・ジルチに行くと、たまたまその日、出張中の担任のかわりに、毛利という女性教師が、女子部から出向いてきて、授業をやっていた。

科目は、国語で、生徒に向かって、俳句をつくってごらんなさいと言っているのだ。擽《くすぐ》ったくなるような、甘く疳高《かんだか》い声で、

「ねえ、皆さん。どんなことでもいいから、自分が見たことで印象に残っていることを書くのよ。印象ってわかるでしょう。なんていうか、ドキッとしたことよね。……それを、きちんと、五・七・五にまとめるのよ」

このとき、葉介の不良仲間の浜村によってつくられた傑作に、次の一句がある。

「へんそうでたらおばんないおどろかす」

多少難解なので、漢字をまぜると、

「変装で　多羅尾伴内　驚かす」

ドキッとした作者の気持ちが、そのまま出ている素直な作品だと、葉介は、しきりに感心したものだが、自分自身は、まるで創作意欲が湧かずに、ろくなものが出来なかった。

ところが、どうしたことか、葉介の作品をみた毛利先生は、とても喜んで激賞してくれたばかりか、教室の片隅にある小黒板に、わざわざ赤いチョークで描いた花まであしらって、葉介の俳句を書きつけたりした。

手洗いの小窓から、毒々しい色合いの野花を目にした印象をもとに詠《よ》んだ句を披露すると、

「庭先に　ほんのり咲いた　バラの花」

と、まったくの愚作であるが、葉介には、子供の頃から、目上の人に必要以上に阿《おもね》るところが多分にあり、この俳句などは、その好例かもしれない。

つまり、この教師なら、こんな俳句が好きだろうと、相手の反応を見こして、作品をつくり上げたりするのであった。

いずれにせよ、この俳句がきっかけとなってか、毛利先生は、その昼休み、葉介を強引にコーラス部に勧誘した。

そして、翌日の放課後、女子生徒四十人、男子生徒十人からなるコーラス部の全員を、音楽教室の正面に並ばせて、そろって歌を唄わせると言い出したのだ。早くいえ

ば、コーラスである。

忘れもしない「早春賦《そうしゅんふ》」というやつで、日頃から葉介が苦手にしている歌の一つであった。

とても嫌な予感を胸に抱いて小声で歌っていると、毛利先生は、したり顔をして一人二人と指さしては席に戻しはじめた。

歌が二番に移る頃には、可憐《かれん》なる少年少女合唱隊は、はや半数となり、二番をまともに唄い終わったのは十人たらず、それが、三番の終わりにさしかかると、二人きりになっていた。残りの四十数人は席についていて、前列の生徒は、それでも多少は神妙な顔つきをしていたが、それにひきかえ後列の連中は、やたらわいわいがやがやと騒ぎ立てていた。

ここまでくると狙いはわかる。

誰が一番下手なのか徹底的にやらせてみようというのだ。

そのとき、葉介はなかば自棄《やけ》で、心はまるで硬直状態だった。それでも誇り高い葉介は、敵百万人といえども我《われ》ゆかんという気概《きがい》だけは持っていたが、悲しいかな歌声は、すこぶる間延びしていて調子外れであり、結局、最後の一人となってしまい、世にも珍しい音痴だとの烙印《らくいん》を押されてしまった。

即刻、葉介がコーラス部を退《しりぞ》いたことはいうまでもないが、それ以来、葉介の音楽コンプレックスは今に至るまで消えていないし、こと音楽に関しては警戒心をゆるめなかったのだが、落とし穴は、ほかのところで待っていた。

体育の時間である。

それまで葉介の得意は、相撲《すもう》と水泳であった。なかでも潜水と自己流のクロールは自慢のタネだし、相撲は五人抜きを何度もやっていた。

さっぱり駄目なのが、跳び箱と短距離競走で、鉄棒は、中の上の成績というところだ。蹴上《けあ》がりは楽にこなすし、懸垂《けんすい》も十八回やれるのだが、肝心の大車輪が出来ないので、どうしても上級者とは言われない。たとえ懸垂が五回しか出来なくても大車輪さえこなせれば一流選手と呼ばれるのだ。

秋口《あきぐち》。どんよりと曇った午後。葉介が十三歳のときのことである。

セント・ジルチの校庭では、来るべき合同運動会の予行演習が行なわれていた。

南端のポプラの木陰では、女子部の生徒たちが、お河童頭を振り乱して、直線だけの百メートルを駆けぬけている。

礼拝堂のあたりをスタートラインにきめて、男子生徒は、五人一組でグラウンドを一周している。こちらは、ほぼ二百メートルである。

年の頃なら二十五、六、ざんばら髪の体育教師のそばに、かたや三十歳をとうに過ぎた髭の濃い師範学校出の教師がやって来て、声をかけた。

「やあ、精が出ますなあ、渡辺先生」

「いやあ……」

口から笛をはずしながら、黒シャツという綽名《あだな》をもつ体育教師は、大声を出した。

敗戦で空襲の心配がなくなり、不要となった暗幕《あんまく》を改良して作ったシャツを、いつも着ていることが、綽名の由来である。

「……運動会も、もうすぐですから、こいつら、びしびし扱《しご》いてやらにゃあ、と思っていますよ、早坂先生」

取ってつけたように笑顔をみせるが、その目はひきつり気味で、のろまな生徒を見つけると、

「こらっ、もっと走れ、気合いを入れろ！」

と、歯を剝《む》き出している。

〈何が気合いだ。そんなもので速く走れるなら、運動会がこんなに苦にならないや〉

かたわらで葉介はつぶやいた。先ほどから耳鳴りがして、どうにも落ち着かないのだ。

一方、師範出の早坂先生は、じっと目を細め、腕組みをして、なにやらしきりにうなずいている。国語の授業中に必ず一度は石川啄木の話をすることから蟹《かに》という別称をつけられているのだが、そのとき、何を思ったのか、黒シャツに再び声をかけた。

その眼は、遠くポプラのほうに向けられている。

「ねえ、渡辺先生。男の子と女の子では、どうしても男子のほうが速いですかねえ」

黒シャツは、すぐには質問の真意が呑み込めなかったらしく、怪訝《けげん》そうな表情をして相手の顔を見返した。

「つまり、そのお、女の子のいちばん速い子を相手にしたら、男の子でも負ける子はたくさんいるでしょうよ」

「いや、そんなことはありません。男子はやはりレベルがちがいますよ。それに短距離ならともかく、運動場を二周もすればかならず男子が勝ちます。なんせ基礎体力が、まるでちがいますからね」

黒シャツは、すっかり向きになって弁じたてた。この教師は、なにかに昂奮すると、すぐ眉を下げて唇をとがらせる。そして、けっして自説を引っ込めないのだ。

そこで、師範出の蟹が、

「ふうん、そうかなあ」

と、独り言のようにつぶやいたものだから、黒シャツの錯乱状態に、すっかり火がついてしまった。

「なんなら、ここで実験してみますか、そうだな、グラウンド二周ということで」

勢い込んだ黒シャツは、周囲を見まわしはじめた。

「男の子からは、あまり速くない奴と……」

その目は、はやランランと光り、せわしなく当たりをつけている。

葉介には、成り行きは、すっかりわかっていた。頭のなかの耳鳴りが激しくなって、いつしか闘牛士を称《たた》える喇叭《ラッパ》や、それから軍楽隊の小太鼓のような音も混じりはじめた。やがて耳鳴りの調べが変わって、南の国の音楽となった。ボレロという曲だろうか、じっとうなだれて聞きつづけた。なるべく息をしないようにして気配をたち、軀を縮めて、時間の経過を待った。

まわりから突つかれて、葉介は、我にかえった。黒シャツが先刻《さっき》から呼んでいるのだ。

はや、競走相手も決まっていて、師範出の蟹なんか、見るからにわくわくして、年甲斐もなく顔を上気させている。

なんせ女生徒代表は、近い将来のミス横浜筆頭候補なのだ。

3

赤羽マーシャ。白系ロシア人の父親と日本人の母親とのあいだに生まれた混血児。父親を外地で失っていて、母親と兄との三人で小港《こみなと》の伯父の家に引き取られている。

けれども、暗い陰はめったに見せない美少女だった。

上辺《うわべ》だけを眺めると、ドロップの缶のなかに混じっている薄荷《はっか》の粒のように白い肌と、粗末な半袖のブラウスの胸元に小気味よく突き出ているがまだ固そうな乳房と、濃紺のブルマーにおおわれた引き締まったお尻や、それに、はち切れんばかりの太腿《ふともも》ぐらいしか目に入らないだろう。蟹もきっとそんな見方をしているにちがいない。

葉介は、もっと細かいところまで観察していた。

日本の女の子とはちがって、菫色《すみれ》の虹彩《こうさい》をしているが、そのぶん、白目の部分が透き通るように白い。ときには青味がかって見える。残念ながら手の指が太い。しかし足首は異常に細い。それに上の前歯六本がとても白くて大きいし、笑っても歯ぐきが見えない。些細なことだが、こんなことも括《くび》れた胴や足首とあいまって、美人の条件の一つだと、葉介は、つねづね思っていた。

誰にも打ち明けていない話だが、関内《かんない》の映画館の暗がりのなかで、葉介は、マーシャと予期せぬデートをしたことがあった。

「商船テナシチー」という古いフランス映画を観ているると、そのなかに出てくるテレーズという女が、マーシャにとてもよく似ていたのだが、上映が終了して館内が明るくなったとき、なんと彼女が一つおいて右隣りの席に坐っていたのだ。

葉介は、偶然つかまえた機会でも、めったなことでは逃さない。

「おい、赤羽、もう一度みようか」

　すかさず声をかけたのだが、彼女は黙って首を横に振り、席を立った。しかし別れ際に、耳許《みみもと》で素早くささやいてくれた。

「今のセバスチャンをやった俳優、八坂君に似てるみたい」

　その瞬間、葉介は、ゾクッとしたものだ。それやこれやで嫌いな子ではない。

　マッチレースの観衆は、総勢百人くらい。黄昏《たそがれ》どきの狭い学園中に、噂はまたたく間に広まって、教員室からも立会人が数名現われて、黒シャツが、妙に引き攣《つ》った声で、

「ヨォーイ・ドン！」

　最初の一周は、肩を並べて走った。途中でチラッ、チラッとマーシャの顔を見ては、〈おいっ、どうだ、もっとゆっくり行こうか、速すぎやしないかい〉

　なんて、話しかけてもよい心境だったが、マーシャのほうは、まっすぐ前を見て、髪の毛を風に靡《なび》かせて、歯を喰いしばっている。

　その日は真っ赤な夕焼けなんかじゃなくて、どんよりと曇り空だから絵になるわけはないのに、マーシャは、やたら直向《ひたむ》きといった感じである。

　まるで葉介好みの雰囲気ではない。すっかり白けてそのままくっついて走っている

と、観客が、さかんに拍手なんかする。

連中には悪いけど、そのままのレース展開で、さしたる見せ場はつくらずに、ぴったり並んでゴールに入るつもりでいたら、何を思ったかマーシャは、あと三十メートルのところで、急にラストスパートをかけるのだ。それもかなり猛烈なやつである。

すっかり呆れ返った葉介は、

〈おいおい、マーシャ。蟹やクロなんかに乗せられて、そんなに向きになれるのかよ〉

と、ぼやきたいところだが、相手がその気なら仕方がない。こちらも負けずにラストスパートを開始した。

けれども、その差が縮まらない。いくらこんなはずではないと焦《あせ》ったところで、残り三十メートルではどだい無理な話であった。

結局、たっぷり五メートルは引きはなされてゴールイン。その場に居合わせた全員が、げらげら笑って、黒シャツひとり憮然《ぶぜん》としていた。

この勝負の結果について、葉介としては、本気じゃなかったと思っているけれど、もしマーシャのほうから、

〈ねえ、軽くながしただけなのに、どうしてついて来なかったの？〉

なんて言われたら、惨《みじ》めこの上ないし、何を喋っても言い訳になりそうである。た

だただ黙っているほかはなかった。

　体育教師に関して、葉介には不愉快な思い出がもう一つある。

　その頃、太平洋戦争は終わっていたが、世の中はまだまだ柄《がら》が悪くて、その延長線上の学園生活も相当に乱れており、園内では盗難事件が頻発《ひんぱつ》していた。

　その頻度《ひんど》のもっとも激しい葉介たちの男子クラスに、ある日、担任でもないのに黒シャツが現われて、教壇の上に黒い紙を置きながら、

「今、俺は、副園長先生をはじめ、諸先生方に頼まれて、教員室を代表して、ここにやって来てるんだ。……どうもこのクラスには泥棒がいるらしいな」

　ぐるりと教室中を見渡すと、やがて重々しく、

「俺の友人が神奈川県警に勤務している。今度、アメリカで、新式指紋探知機が発明されたが、その友人を通じて、たまたま見本を手に入れることが出来た。……きょうは、これから、その実験を行なう。皆一人ずつ、ここに出て来て、この紙の上に手を置くように」

　そう言いざま、かたわらの椅子に腕組みをして坐りこんだ。

　級友たちは、一人ずつこわごわとその前に進みはじめた。黒シャツの眼は、その一挙手一投足に注がれている。

葉介には、体育教師の魂胆《こんたん》がわかっていた。

〈なにが、シモンタンチキだ。そんなもので、犯人がわかるはずがないじゃないか〉

きっと教員室での雑談のはずみに安請合《やすうけあ》いをしたあげく、のこのこと出向いてきて、皆が黒い紙の上に手を置く態度で、怪しい者の目星をつけようとしているにちがいない。

魔女裁判ではあるまいし、なんという思い上がった発想だろう。少年とはいえ、人間の尊厳というものをどう弁《わきま》えているのだろうか。

それにひきかえ何も気づかぬ初心《うぶ》な級友たちは、素直に教壇に足を運んでいた。それでも、その大半が、胸に憶えのある連中ばかりだったから、少年たちは、一様《いちよう》におどおどして、本当に全員が犯人らしく見えたから、黒シャツの実験は不成功だった。

葉介も、わざとそわそわびくびくと、一味の手先らしく振舞った。内心で思っているとおりに行動して、さも馬鹿にしたような態度なんかすると、かえって一人だけ目立ってしまって、たまったものではない。中学生とはいえ、その程度のとっさの判断力、演技力くらいは、もう充分に身につけていた。

ついでに今度は、師範出の蟹の話である。

マーシャとの駆けくらべから一ヵ月たった頃、クラスの悪童四人が教員室に呼びつけられた。もちろん、葉介もその一人であった。

その前日の下校時、末吉橋の近くの闇市《やみいち》をうろついていたところを、風紀係の蟹に見つけられてしまったのだ。

かねてからの打ち合わせどおり、全員じっと俯《うつむ》いて、改悛《かいしゅん》の情を軀一杯に表現しようとつとめた。そして床の上に正座させられている葉介たちの頭の上を、蟹のしつこい説教が通り過ぎていくのを待つしかなかった。

最初は、ラッシュ・アワーの湘南電車みたいに喚《わめ》きちらしていたが、そのうち、終電車のように、口調がぽつりぽつりと間延びしてきた。話が大詰めにさしかかって荘重な件《くだり》なのだ。

釣られて葉介も、思わず唇を嚙みしめた。これからは、皆を引きずり込まずに一匹狼で行動しようと決意して、素直に唇をぐっと嚙みしめたとたんに、蟹の鉄拳パンチがとんできた。それも、もろに左の頰めがけてである。

「なんだ、貴様は。俺の話をうるさいと思っているのか、小癪《こしゃく》な奴だ。少しばかり頭がいいからって、つけ上がりやがって」

余談になるが、鏡に向かってうなだれて、唇を嚙んだ表情をして、それを上目使いに眺めて観察してもらいたい。

このポーズは、反省の情を表わすパターンとしては、かなり決まっているはずなのだ。更生《こうせい》を誓うギャングに扮したジェームズ・キャグニーの演技から、葉介が盗みとった表情である。

つまり洋の東西を問わず、極めつきの反省の念をしめす表情なのに、それを自分が馬鹿にされた態度と受け取って、しかも、口から泡をふきながら子供相手に本気で腕力をふるうなんて、いったい、国語教師の蟹のフィーリングはどうなっているんだと、葉介は、鼻血をぬぐいもせず憤慨《ふんがい》することしきりであった。

以来、教師という人種をすっかり馬鹿にして、すこぶる気儘《きまま》な日々を送っていたが、そのうち一人だけ、どうにも煙《けむ》たくて頭が上がらない人物が出現した。

4

セント・ジルチ学園中等部三年の男子クラスに、二学期から新しい担任がやって来た。藤田《フジタ》という理科の教師である。

当時、葉介の母親は、新種の香水を調香する仕事で多忙を極め、一ヵ月のうち三週間は研究所などに出かけていき、留守がちであった。

それをよいことに、葉介は、ますます野放図《のほうず》な生活を送っていたが、この新任教師フジタが、葉介のことにやたらと干渉して、厳しくあたるようになったのである。

ある日、そのフジタが、授業中に、葉介ともう一人、浜村という荷役業者の息子を指名して、黒板に自分の知っている映画俳優の名前を書きあげてみろと言うのだ。

相棒の浜村は、日本映画専門なので縦書きだった。羅門光三郎、大河内伝次郎、阿部九州男、原健作なんて、順不同で書きはじめている。

葉介は、黒板の前にしばらく立ちつくして考えこみ、横書き、それもアルファベット順に並べたてることにした。

ＡＮＮＡＢＥＬＬＡ《アナベラ》から始めて書きつらね、Ｏの項のＯＲＳＯＮ《オーソン》・ＷＥＬＬＥＳ《ウェルズ》までで手持ちのスペースが一杯になり、チョークをおいたが、知ってる役者の十分の一も書けはしなかった。毎日、映画館に入りびたっていれば、いろんな名前がすらすらと出てくるのだ。

しかし、どうしてフジタが、こんなことを教室でやらせたのか、そのとき、葉介は迂闊《うかつ》にも気づかなかった。
二十四、五歳のうら若き青年教師フジタは、二人の少年が書き終えると、
「おう、よく知ってるな、大したもんだ」

と、別段、映画館通いを貶《けな》しもしなかったからだ。

翌日、今度は、別の級友二人を指名して、一人には西洋料理、片方にはプロ野球選

手の名前を黒板に書けと、フジタが言ったとき、クラスの大半がドッとばかりに嗤《わら》ったが、葉介は、脇の下と背中のあたりに冷や汗が滲《にじ》み出た。担任となって間《ま》もないのに、フジタは、すでに何かを嗅ぎつけているにちがいないからだ。

なぜなら、前日の浜村に引き続き、その日新たに指名された二人も、葉介のシンジケートのメンバーばかりなのだ。もっとも四人だけの悪の組織だが、学園の一角には、秘密のアジトまで設けていたのだ。

中等部二年の初夏の頃から芽生えはじめたグループであったが、当初、葉介は一匹狼であり、西洋料理の名前を書くように言われた若松明も、同じように、単独行動をとっていた。

若松は、韓国からの引揚者の子弟で、北九州をはじめ日本各地を転々として、皆よりは少し遅れてセント・ジルチに入学してきたのだが、父親の職業は不明だった。二歳年上なのに、なぜか進級が遅れていたけれど、教師にまじっても物凄《ものすご》く目立つノッポで、髭もあそこもすでに一人前であった。

若松の専門は、石鹼、ベアリングや虫下し用のサトニンの収集で、賽銭《さいせん》箱の掻《か》っ払《ぱら》いなど、けちなことはやらない。夜、ベアリング工場の敷地などに忍びこんで、テント地をかぶせて野積みしてあるやつを、堂々と頂戴してくるのだ。

小雨の降りしきる夕暮れどき、学園の近くで、登山帽と首に巻いた手拭いで少しばかり変装をしている若松が、リヤカーを引っ張っているところに、ばったり出くわしたことがあった。その日の積荷は、屑鉄にミカン箱だった。

気に入っている奴にだけは、やたらやさしくなる葉介は、頼まれもしないのに三十分ばかり後押しをしてついていくことにした。

途中で本降りになり、やむなく葉介は引き返したが、若松は、荷台の下から取り出した雨合羽《あまがっぱ》を身にまとい、八幡橋のほうへと消えていった。

翌々日の下校時、そのノッポからお呼びがかかり、一緒にセント・ジルチの礼拝堂の裏手にまわると、窓をこじあけて、なかに入った。

形ばかりの祭壇の裏側に、地下室めいた真暗なスペースがあり、そこから柱を伝って天井裏に上がった。梯子《はしご》や階段などまるでない暗がりのなかを、手探りでよじ登るのだ。

天井といっても、馬糞紙《ばふんし》よりも多少厚い紙がしきつめてあるだけだが、片隅に一ヵ所、約一坪くらい、ちゃんと板張りの箇所があった。

そこが、若松の財宝の隠し場所だった。

油紙にくるんだボール・ベアリングがミカン箱にして三個分、それに薬缶《やかん》が五つ、整然と隠匿《いんとく》されていた。

その夜、二人して薄暗がりのなかで話しこんでから、薬介は、彼の弟役を演じることになった。ベアリングをポケットに押しこんで、黙ってあとについて来ればよいと、若松は言うのだ。

目的地は、高島町の機械工具店だったが、若松のサバキの遣《や》り口は、芝居気たっぷりのものだった。

「ごめんください」

何のためらいもなく、ずんずんと店の奥に進んでいき、帳場に坐っている主人に淀みなく話しかけた。

「あのう、父ちゃんが、これを売ってこいって。……会社は、進駐軍の下請けをやってるんですが、給料が遅配《ちはい》つづきで、工場の製品を現物給与でもらったから、僕と弟に売ってこいって言うんです」

まことに堂々と商談をすすめるあたり、真正の天稟《てんぴん》の才といった趣《おもむ》きがあった。店の主人も、すっかり乗せられて、

「ふうん、そうかい、どれ見せてごらんよ」

「はい、これです」

両手一杯の油紙に包んだ商品を差し出しざま、若松は振り返り、

「おいっ、お前のやつも、こっちに持ってこいよ」

と、絶妙なタイミングで、即席の弟を促すのであった。

すっかり役どころを理解しきった葉介は、しおらしそうに、そして少しばかり恥じらいをみせて、主人の前に立ったが、内心は、可笑《おか》しさをこらえるのに精一杯だった。

その夜は、日ノ出町のはずれにあるもぐりの食堂で、ゆで玉子、うどん、それにシチューとは名ばかりの得体《えたい》のしれない煮こみをかきこんだ。

このときから二人しての活動が始まったのだが、葉介の場合、ハンパな手伝いで稼いだ金は、すべて映画代に注《つ》ぎ込んだ。

一方、ノッポの若松には、使い途《みち》が三つあった。

収入の三分の一で、まず屋台か食堂に顔を出し、とにかくやたらと食べる。

「人間、喰えるときに、腹一杯、詰め込まなきゃあ。……これから先、何が起こるかわからんもんね、そうやろ」

ふだん、無口な若松が、葉介にだけは打ち解《と》けてよく喋るようになったのだが、この男は、とても世智《せち》にたけていた。もっとも、それは、裏街道での世渡りのことばかりだった。

転校してきてすぐの秋、中学二年生の分際《ぶんざい》で、付近の不良学校の番長格に声をかけ

て、裏山の空地に連れ立って行き、そしてここからが肝心《かんじん》なのだが、わずかながら引き分けといった程度に殴り合いをやるのだ。

これで暗黙の了解が成立してしまう。以後若松だけは、その地区で、いくら目立っても、よほど目障《めざわ》りにならない限り別格扱いとなり、他の硬派グループもあまり手を出さないことになったのであった。

「俺なんか、引揚者で、そのうえ、転校が多いからなあ。先手必勝で世渡りするしかないんだよ」

二番目の金の使い途は、女である。

まだ社会的に大人には成りきっていないのに若松は、弘明寺《ぐみょうじ》に住む彩《あや》ちゃんという出戻り娘に入れ揚《あ》げているのだ。相手は、ちょっと見には、肌が浅黒く見栄《みば》えのしない小柄な女であった。

その若松から、折にふれて、遊廓《ゆうかく》に行こうと誘われることがあったけれども、その頃の葉介にとっては、映画のほうがずっと良かった。

頭のなかばかり先走って成長してしまい、軀のほうも見かけだけは、そこそこに逞《たくま》しくなっていたのだが、体内からほとばしり出る性欲など感じることはなかったのだ。

そんな葉介を、ノッポの若松は、実に不思議そうに見据えて、せせら笑うのだった。

「ふうん。お前なんか、まだ、その気にならないのかねえ。俺なんか、昼間にタイトスカートをはいた女の尻を見ただけで、立っちゃうけどなあ」

最後の三分の一の使い途については、葉介が笑う番になってもいいのだけれど、なんとなく馬鹿にはできなかった。その道楽が理解できる気もするのだ。

セント・ジルチ学園から歩いて五分ばかりのところに、由緒正しい神社があった。そこの跡取りが、結核療養中の大学生で、いつもごろごろしていたが、この青年が、江戸末期の根付けで、すごく緻密《ちみつ》で粋なやつを山ほど持っていた。

象牙の三匹の猿や、蟬。材質が黄楊《つげ》の鳴子や、ねむり猩々《しょうじょう》なんかは、中学生の葉介が見ても、ぞくぞくするような幽玄な美しさを秘めていた。

若松は、これを少しずつ買い集めているのだ。ときによっては、洋食代のほうを節約して、根付けを購入する資金にあてていた。

そして授業中でも下を向いて、じっとそればかり弄《いじ》っているのが、葉介には、気配でわかった。それも人並みはずれたノッポが、さもいとおしそうに、両の手の指でまさぐっているのであった。

5

プロ野球の選手名を黒板に書けと、フジタに言われた男は、上杉邦夫だった。

家業は、お茶屋。といっても粋筋ではなくて、馬車道でお茶の葉を商《あきな》っている。副業として薪、石炭も扱っているが、親爺さんは、商人よりも三味線の達人として知られた人だ。

上杉自身は、敗戦直後から野球をやっており、中学一年生のときには、すでに、大人が大半をしめる町内の代表チームで、左翼を守り、二番を打っていた。

悪の稼業では、石炭専門である。

連日、野球の練習をこなしたあと、疲れきった軀を駆使して、こまめに家業の配達にまわるのだが、集金の一部を確実に着服していた。

石炭置場の管理も彼の担当だから、絶対にばれない仕組みになっているのだ。つまり、せこく稼ぐわけだが、その悪事のおかげで、自分のチームが出来るくらいにグローブやバットを持っていた。

上杉の場合は、すんなりと一味に加わってきて、若松とも気が合うみたいだった。

この男は、小学校までは、向こう意気の強さで知られた番長だったらしいのだが、セント・ジルチに入ってからは軀の成長がとまってしまい、今では中の上クラスの体格というところである。したがって無理に硬派の道には走らずに、野球一筋に打ち込んでいるのだ。グラウンドでも実生活でも、まことに堅実な少年であった。

日本映画専門の男は、浜村清一といって、港湾荷役業者の息子だった。

浜村の家は、代々のハマッ子だが、片手間に始めた乾物の商売があたりにあたったらしくて、夜になると綱島《つなしま》の妾宅《しょうたく》に通う父親と、それに負けじと遊び狂う母親にかこまれていた。

この浜村の得意技《わざ》は、自分の家の金を盗むことしかない。

上杉はさておき、浜村の場合、額《ひたい》に汗して働くといった気概がないのが気に入らないが、それにしても実入《みい》りのほうは、桁《けた》違いに多かった。

浜村が一味に加わった当初、若松、上杉、それに葉介の三人で、誘われるままに、野毛《のげ》の闇市《やみいち》の裏手にある浜村の家に足を運んだことがあった。

まだ陽が高い時刻なのに、家のなかは雑然としていて、階下には、従業員しかいない。ガランとした二階に上がって、子供は知らないはずになっているという鍵をひっぱり出して、茶の間に据えつけられている船簞笥《ふなだんす》をあけると、端から端まで、百円札が、ぎっしりとねかせてあった。

三人の見ている前で、浜村が、ガバッと、その一部を摑《つか》み出す。跡の窪《くぼ》みは、両手でサラサラとほぐすと、また元どおりの充満という感じになる。そのくらいギュウギュウに詰まっているのだ。

浜村が手にした金は、その場でただちに四等分してくれる。これでは仲間にしないわけにはいかないではないか。

それに、夜になると人気《ひとけ》のなくなる浜村の家は、とても便利だった。

一味の連中は、葉介も含めて四人とも、煙草は吸わなかった。そんなチンケな粋がり方はしない。セント・ジルチ学園の裏山で、スパスパやっている奴らもいたけれど、あれは、見栄八割ではないかと、葉介は思っていた。

そんなことをしなくても、葉介には映画、若松には洋食に根付けに彩ちゃん、上杉には野球があった。浜村の場合は、あまり明確な道楽はなかったが、とにかく彼も煙草は吸わなかった。

そのかわり、四人とも、酒を呑むのだ。

というよりも、四人組が結成されてから、一年がかりで少しずつ嗜《たしな》むようになっていったと言うほうが正確かもしれない。

当時、葉介らは中学生である。いくら背伸びをしても、呑めば覿面《てきめん》、顔に出てしまい、とても家には帰れない。しからばどうするかと思案したあげくに、いったん盃を手にしたら、徹底的に腰をすえて呑んで泊まるしかないということに思い当たったのだ。

月に何度か浜村の家が、夜、まったく無人となることが前もってわかったりすると、そんなとき、残りの三人は、試験勉強と偽って家を出ることになった。かたや、金の箪笥の持主は、酒の肴をとり揃えて、そわそわと待ちわびているのだ。

酒は、日本酒専門だった。上杉が、親爺の三味線のお弟子さんの伝《つて》をたよってどぶろくまがいの酒を十数壜《びん》も持ち込んできたが、四人がかりで一晩に三升あけるのが、器量一杯であった。

料理は、浜村がいそいそと支度をしてくれる。十畳の部屋の中央にガス・コンロを置き、土鍋をのせて、階下から商売物の昆布や野菜を夥《おびただ》しいほど運んできた。

浜村の手料理で、全員がうまいと判定を下したのは、白菜鍋だった。ただし、この献立のときには、ノッポの若松に働いてもらわなければならなかった。彼がどこからか闇で手に入れてくる豚肉に、あとは白菜、それに春菊などの青い野菜があれば、準備完了だ。

だしの作り方は、浜村にまかせて、残りの三人は、具《ぐ》を土鍋にぶちこむだけだが、たれは各人の嗜好しだいだった。柚子《ゆず》、橙《だいだい》、ときには、かぼす、すだちまでころがっていた。洋食専門の若松でも、この鍋ならどんどん平《たい》らげるほど、仲間うちでは、一際《ひときわ》もてはやされた料理だった。

宴会での唄は、上杉の担当であった。「東京の花売娘」、「かえり船」、はては「港が見える丘」や流行《はやり》のジャズまでとび出したが、その間、若松は、黙々と喰べつづけ、ときどき箸で皿小鉢を叩いては、もっと唄えとけしかけたりした。

そんなとき、浜村は、口数が少なくなる。支度で疲れきったのかもしれないが、皆の顔を見まわしては、なにも言わずに、しんから嬉しそうな表情を浮かべるのだ。

上杉が、アルコールにいちばん強く、唄もなかなか終わらない。そして、全員、和気あいあい、やたらにやにやして時を過ごす。これが葉介のファミリーの宴会だし、余興は、それだけではない。覗《のぞ》きもあるのだ。

浜村の家の左隣りに、焼け残りの五階建てのビルディングがあったが、そのビルの二階から上の全階が春先から簡易ホテルに改造されていて、こちらの宴会が最高潮に達する頃になると、そこが満室になり始めるのだった。

ホテルといっても、実体は連れ込み宿で、客のほとんどは、GIとその連れの日本女性であったが、連中のドッキングの現場を、浜村の家の風呂場の窓から眺めることが出来るのだ。

ただし、覗き見できるのは、ホテルの二階の一室だけだった。おまけに窓の高さが同じであるために、視野が限られており、ベッドにいる上位の者の姿しか拝見できなかった。

　ＧＩたちは大柄な黒人兵が多かったし、女性が上位になることはめったになかったけれども、それでも若い観客たちには、堪《こた》えられないショウタイムであった。

　先方の部屋とこちらの風呂場とのあいだには、間口《まぐち》の狭い倉庫があるだけなので、そう大っぴらには覗けない。黒い肌が激しく上下して、その両脇に白い手がさしのべられているといった情景が、窓からの眺めの大半であったが、上杉なんかには、それだけで充分だったようだ。

　見えない部分は、想像力で補《おぎな》えばよいらしく、たちまちズボンをずらして、自慰《オナニー》を始めるのだ。呼べば答える距離で汗を流している異国の男と一体となって、自分ものを五本の指でこすり、しごくのだ。

　黒い腰のまわりに白い脚がきっちりとかみ合わされたときや、たまに女性が上位となったときなどは、浜村も一緒に開始することがあった。

　風呂場のなかには、たちまち熱気が立ちこめるが、けっして隠微《いんび》な雰囲気にはならなかった。

　上杉と浜村の二人は、息をひそめながらも、飛ばしっこなどして、その場で果ててしまうのだが、若松の本番はそれからだった。

　ノッポは、見るだけでは満足しない男なのだ。文字どおりの白黒ショウを垣間《かいま》見た夜などは、きまって弘明寺まで出向いていって、彩ちゃんを抱くのであった。

自堕落《じだらく》な出戻り娘への度重《たびかさ》なる貢物《みつぎもの》に満足したのか、彩ちゃんのおふくろさんは、年若い若松の訪問に目をつぶってくれるようになっていて、ノッポの姿をみると、銭湯に出かけていくらしい。

その彩ちゃんの家に、最初に葉介を誘ったのは、若松のほうだった。

女性に対して、理想ばかり高くて、現実的には奥手《おくて》である葉介のことが腹立たしかったのかもしれない。男はこういうふうに女を抱くのだということを、葉介に教えてやりたいなどと口走ったこともあった。

けれども、二度目からもその場に葉介が呼ばれるようになったのは、明らかに彩ちゃんの意志が加わっていたにちがいない。

彼女は、見られることが好きなタイプだったようだ。

蒲団《ふとん》の上で、若松と重なり合っても、彩ちゃんは、気がのらないときなどきまって葉介の反応を窺《うかが》うのだ。

大男なのに何事にも几帳面《きちょうめん》な若松は、彩ちゃんを抱くときでも、その順序がすべて定まっていて、さながら古式ゆかしい儀式のようであった。

六畳の部屋に入って、葉介を脇に坐らせると、まず、茶の間との境の襖《ふすま》をしめる。

いつもだらしなく万年床の上に寝ころがって、雑誌のひろい読みをしている彩ちゃんのそばにいき、腹ばいになると、無造作に衿元《えりもと》から手を差し入れて、まず乳房をまさぐり、首筋から両の耳許へと丹念に唇を這《は》わせはじめる。

彩ちゃんは、両眼をとじているが、そんなことでは少しも火がつかないらしい。その証拠に、若松が次の動作にうつるたびに、薄目をあけては、葉介の様子を見ているのだ。

上半身を舐《な》めおわると、若松の唇は下半身に移動する。そして、相手が身にまとっているものを、ゆっくりと脱がせていく。

　同じ裸にさせるにしても順序がある。浴衣《ゆかた》やワンピースなどのうわっぱりは脱がしても、パンティは、しばらくそのままにしておく。

その前に、彩ちゃんの両足の指先からはじまって、一寸きざみで唇が這い上がっていくのだ。長い手の先は、その間ずっと乳房を揉《も》みしだいている。

脂《あぶら》がうっすらとのっている彩ちゃんの軀は、やがて黒光りしはじめる。若松の太い指先から見えかくれする乳首と唾液に濡《ぬ》れている足の小指だけが、桜貝のような桃色をしている。乳房はそれほど大きくはないのだが、胴がとてもくびれているので、こんもりと盛り上がってみえる。

膝から太腿へと舐め上がってから、やっとパンティを脱がせるのだが、そのとき、若松は、彩ちゃんを俯《うつぶ》せにする。そして、少しずつパンティをはぎとっていく。よく弾むお尻は、そこだけが別の生き物のように息づき、光り輝く。いとおしそうにそれを擦《さす》ってから、また仰向《あおむ》けにして、両腿をひらき、そこに顔をうずめる。

彩ちゃんは、茂みのなかの割れめのあたりを愛撫されることが、とても好きらしい。この作業のときだけは、葉介のほうに目を向けないし、たまに若松が、そのこまめな仕事をなおざりにして、顔を上げようものなら、唸《うな》り声をたてて、男の顔を自分の股ぐらに押し戻すのだ。

最初に上になるのは、彩ちゃんのほうである。若松の軀の上で高々と中腰になり、背筋をのばして、奥のほうまで、たっぷりと男のものを銜《くわ》えこむ。この段階が、彩ちゃんがいちばん感じるときらしい。葉介のほうをチラッとも見ないし、若松の動きを両手で押しとどめて、自分だけが、呻《うめ》き声をあげながら、軀を四方八方に激しくゆすりまくる。

次に、若松が上になる。彩ちゃんの両足をうんと高くあげさせて、両手で抱えこみ、自分の腰を相手の入口の間近までにじりよらせて、突き立てはじめる。

若松は、とても呼吸のとり方がうまくて、それからがやたらと時間がかかる。

彩ちゃんは、目を吊《つ》り上げ、小鼻をひくひくさせて、何度も鶏が絞《し》めあげられるときのような声を出すけれど、そのうちに、ただ喘《あえ》ぐだけになり、肩で息をしながら、薄目をひらいて葉介を探しはじめる。

儀式の終わりにあたって、彩ちゃんは、再び俯せにされる。消耗しきって軀中がぐったりしているようだが、腰だけはもち上げて、後背位からの若松を迎え入れる。

その姿勢になると、二人ともほとんど動かない。両者の軀の芯《しん》になる部分が、その体位だと、ぴったりと結びついているようだ。

上辺《うわべ》はなんの動きもないが、若い男女がそれぞれ精一杯の力を出し切っている気配が伝わってくる。

〈ああ、いいもんだな〉

眺めていて、葉介は感心する。

自分のものもすっかり硬くなっているが、若松のかわりになりたいとは思わないし、彩ちゃんの肢体に、マーシャのイメージをオーバーラップさせることもしない。

〈俺には、あんな芸当は、まだ無理だな〉

軽く溜息をつきながら、葉介はつぶやくのであった。

6

セント・ジルチ学園の教室で、葉介と浜村が、黒板に好きな映画俳優の名前を書くように言われた翌日、新たにフジタに指名された二人は、黙って教壇に歩みよった。

黒板の前に進み出たぎっちょの上杉は、左手にバットならぬチョークを持って、すらすらと逞しい男たちの名前を書きつらねた。

野口二郎、野口明、天保、御園生《みそのう》、呉昌征《ごしょうせい》、スタルヒン、ノンプロあがりの梶岡など、彼が日本のプロ野球界の一角を代表すると考えた選手たちであった。

一方、自分の好きな西洋料理のことについて書けと言われたノッポの若松は、その時点になっても飄々《ひょうひょう》と突っ立っていた。

やおら、黒板半分のスペースに大きく牛の絵を描いた。よぶんな線はほとんど使っていない。まるでアルタミラの洞穴の壁画なのだが、心ある人が眺めれば、一目で美《お》味《い》しそうな牛だということがわかるにちがいない美事な出来栄えだった。

〈人間って、本当に、誰がどんな才能を持っているか、つくづくわからないものだ〉

心配しながら見ていた葉介は、そう思った。

尻尾《しっぽ》の部分から矢印をして、その先にオックステールスープらしいものを描き、口のあたりからは、なんとタンシチュー、そして腰部からは、馬鈴薯《ばれいしょ》をあしらったステーキ。これにはナイフとフォークも描き添えられた。

この特異な作品に感心したフジタがしきりにうなずいていたが、葉介としては、油断をしなかった。

一味のものだけを選んで、二日間にわたって指名したところをみると、何かこちらの弱味を握って挑発しているのかもしれない。

その夕方、四人は、当分行動を自粛《じしゅく》することを取り決めた。

といっても、礼拝堂の屋根裏に登ることと、浜村の家で騒ぐことを中断するくらいで、あとは各自の良識にまかせることにした。束縛されることが、なによりも嫌いな連中だから、あまりに細かい打ち合わせは、結局、無駄になってしまうのだ。

血気盛んな四人組が、多少はおとなしくすることを決定した頃、クラスの石黒俊彦が、急に一味のメンバーに接近してきて、やたら取り入りはじめた。

石黒の父親は、本町にある戦前からの繊維《せんい》問屋の二代目で、おまけにPTA会長だった。その息子は、生来の腺病質なのか、異常なまでに肌の色が青白く、まるで日陰のもやしといった感じで、なんとも馴染《なじ》めない少年だった。

若松や葉介は、いくら話しかけられても、まったく相手にしなかったし、上杉も適当に生返事《なま》をしているようであった。

それで石黒は、浜村のそばにばかり近寄って、しきりにご機嫌をうかがうようになった。そして、人のいい浜村が、たまには相手になってやったりすると、石黒は、少女のように紅潮させた頰に手をあてて、さも嬉しいというような仕種《しぐさ》などをした。

その石黒は、見かけは女々《めめ》しくても、人を懐柔《かいじゅう》することには、なかなか長《た》けていたようだ。どうやら浜村は、たちまち丸めこまれてしまったらしい。いつのまにやら石黒とお揃いの舶来の万年筆を胸のポケットにさしたりしていた。

初冬のある昼休み、四人組が顔を合わせた折に、突然、素《す》っ頓狂《とんきょう》な声を張り上げて、浜村が喋りはじめた。

「お前ら、ゴーカートに乗ったことないだろう。あれ、すごくおもしろいらしいぜ」

「そんなこと言ったって、あれは、まだ日本にはないじゃんか」

「それが、あるところにはあるんだよな」

「本当かよォ、ミカン箱にベアリングをくっつけた坂道専門のやつじゃあないのかよ?」

乗り物には目がない上杉が、さかんに問いつめた。昼休み中、二人の言い合いは続いたけれども、結局、次の日曜日、電車を二回乗り換えて、多摩川の辺《ほとり》まで、四人そろってゴーカート乗りに行くことになってしまった。

皆、けっこう新しがり屋なのだ。

当日、いちばん乗り気だった上杉が、不参加となった。石炭の配達を急に押しつけられたとかであったが、多摩川行きの総勢は、当初の予定どおり四名であった。案内役として、石黒が加わってきたのだ。

つまり肝心のゴーカートは、溝ノ口で自動車の修理工場を経営している石黒の伯父貴のところにあるという筋書きだった。

石黒ひとりが浮かれていたが、葉介は、どうも気分が勝《すぐ》れなかった。ノッポの若松も、道中《どうちゅう》ずっと黙りこんでいた。

そんな二人に、浜村は絶えず気をつかった。電車賃を払ってくれたばかりか、ポケットには、大量の黒砂糖の塊りをしのばせていた。

終着駅から工場へ向かう途中では、堤防沿いの茶店に立ち寄り、石黒に小銭を出させて、ラムネを飲むことになった。

そこへ、土地の不良学生が同じく四人連れで通りかかった。

わざわざ立ちどまって、しきりにガンをとばすだけあって、四人ともかなり手強《てごわ》そうな連中だった。

ところが、若松は余裕綽々《しゃくしゃく》、まるで知らん顔をしてしゃがんでいるし、葉介も同じく素知らぬ素振りで壜のなかのビー玉の響きを楽しんでいた。

土地の不良たちは、いささか拍子抜けをした体《てい》で通り過ぎていったのだが、その背中に、何を思ったか石黒が、不意に足元の砂利をすくって投げつけた。浜村が慌てて止めに入ったが、間に合わなかった。

その小石が、連中の一人に当たったからたまらない、待ってましたとばかりに地面を蹴立てて引き返してきて、即座に、ひと騒動が始まった。

古式にのっとり啖呵《たんか》をきり合う暇もありはしなかった。

葉介は、自分の相手が右の拳《こぶし》にはめている真鍮《しんちゅう》のナックルに気をとられすぎて、足がもつれてしまい、肩口へのぶちかましを躱《かわ》しきれずに、もろくも道に仰向けとなった。

それでも倒れながら、横目で、周囲を見まわした。そして、若松が相手の一人に早くも頭突きをかましているのを見て軀が燃えはじめ、どうにか体勢をひねって、相手の上にまたがると、左手で喉元を押さえつけ、強烈な右のパンチを三、四発くり出した。

おかえしに両耳のあたりをさかんに殴られたが、痛さはまるで感じない。とどめの一撃を相手の顔面の中央部に叩きこんでから、余裕をもって戦況を眺めると、浜村が、すぐかたわらで、一対一の壮烈な殴り合いを展開していた。

さすがにハマッ子の血筋をひいていて、常日頃の軟弱さをかなぐりすて、鼻血を出しながら一歩もひかずに堂々とわたり合っているが、双方ともに決め手不足の観があった。

敵方のベストメンバーは、喧嘩の常道《じょうどう》どおり二人して、ノッポの若松に襲いかかっていたけれど、早くもそのうち一人は、うずくまったまま戦意喪失しており、二人目もダウン寸前の有様《ありさま》だった。

若松の一撃一蹴りは、それぞれに無駄というものがなく、確実に相手の急所をとらえていた。横目で眺めていても惚《ほ》れ惚《ぼ》れするほど見事な連係動作だった。

右のストレート、左の肘打ち、そして下腹部への膝蹴りという三段攻撃をうけた若松の二番目の相手は、これまた大男だったが、たまらず、その場に崩れ落ちてしまった。

葉介の相手も、自軍の状況を適確に判断したのか、やたらとおとなしくなっていた。ただ一人、なにもしないで喚きたてているのが、いらざる紛争の導火線となった石黒だった。両目を吊りあげて、さかんに昂奮だけしているのだ。

予期せぬ乱闘が、どうにか一段落したことを素早く見とどけた若松は、浜村の相手の腰を蹴飛ばして、皆をせかせて駅へと急いだ。

敵の領域に長居は無用とばかりに駆け出したのはよいが、葉介のジャンパーの袖はちぎれかかっており、浜村の鼻血は止まらないままだし、若松も額に他人の血をこびりつけていた。

無傷で燥《はしゃ》いでいるのは石黒だけで、フランチャイズに戻るまでの一時間あまり、無口な三人を前にして、喋りまくった。

「皆、すごいなあ。……ねえ、僕ら、勝ったんだよね。僕、どんなに無理したって、みんなに奢っちゃうからね、いいだろう」

なんてことを、異常な昂奮状態を持続させて、何度も繰り返していた。

やがて、わが町に帰りつくと、ガード下の物陰で、若松が、浜村に目でチラッと合図をした。

すると、まだ止まらぬ鼻血をすすりながら、浜村は、鬱憤《うっぷん》をはらすように、石黒の両頰めがけて、往復ビンタをとばした。

小気味のよい音が、あたりに響きわたり、やっとのことで溜飲を下げた三人は、あとも見ずに引きあげたのだが、それからがなんともまずいことになった。

翌日の月曜日、遅刻して登校してきた石黒が、妙な紙包みを持っていた。

すごくかさばる包みだったが、その中身のことで、昼休み、四人組は、やむなく石黒を引きつれて、天井裏の本部に集合することになった。

何を血迷ったか石黒は、父親が会社の従業員に手渡す予定の給料全額を、ごっそり盗んで持ってきて、それで皆に詫びを入れると言うのだ。

自分が仲間うちに連れこんだ石黒の仕出かしたことだけに、浜村は、まことに殊《しゅ》勝《しょう》な顔つきをして一同の表情を窺《うかが》った。

ことの顚末《てんまつ》を詳しくは知らない上杉は、少年ながらに相好《そうごう》をくずし、降って湧いたような大金にまんざらでもない目つきをしており、悲しいことに、まるで貪欲《どんよく》な大人の表情になっていた。このところ家業の景気が思わしくないらしく、大金を四等分にすることを、執拗に主張しつづけた。

　この間、一味で最年長の若松は、ずっと黙りこんで顰《しか》めっ面《つら》をくずさなかった。ふだん、自分からはめったに意見を言わない葉介であったが、このときばかりは、思わず口を挟んだ。

「なあ、その金はあいつに持たせて、このまま帰らせようや。どうも、あいつは、どじで間抜けで、俺たちがつき合う相手じゃなさそうだよ」

　ところが話題の張本人は、初めて上がった天井裏で、自分も晴れて仲間入りできたものだと勘違いして有頂天《うちょうてん》になったのか、いつのまにやら皆から離れて、おずおずと悪の巣窟《そうくつ》の探険を始めていた。

　その後ろ姿を目にして、四人組は慌てた。なんせ天井に張ってあるのはラスクといって、分厚いけれども、しょせんは紙なのだ。

　声をひそめて、口々に、

「おい、石黒、こっちに来いよ、危いぞ！」

　そう怒鳴ったのが、逆効果となった。

　新入りのチンピラが、組内の先輩に自分の糞度胸を誇示するかのように、石黒はなおも大股でさらに奥へと向かっていったのだ。

その瞬間、石黒の下半身が消えてしまった。天井裏の小悪魔たちの世界から、白昼の礼拝堂の上空へと、無様《ぶざま》に両足を曝《さら》け出したのだ。両手だけは、どうやら必死で周囲の梁《はり》にしがみついているらしい。

折しも下では、ピアノのそばで、コーラス部の女生徒が、練習中であった。

キャーッという女の子たちの悲鳴が、妙にハモって立ち昇ってきた。

まるで、けちなドタバタ映画のワンカットだなと、葉介は、うんざりする思いであった。

石黒をどうやら助け上げたものの、降り口は一ヵ所だけにしかない。下の騒ぎは、ますます大きくなり、やがて懐中電灯の明かりが、チラホラしはじめた。

ここまでくると四人組は、別段打ち合わせるまでもなく、腹をくって押し黙り、ただひたすら成り行きにまかせることにした。今さらじたばたしても始まらないからだ。かたわらで、石黒だけが身を震わせて、顔を土気色にさせていた。

やがて姿を現わしたGメン二人は、なんとフジタに黒シャツだった。

それから半日、宿直室に連れこまれ、生まれてこの方、葉介は、あんなに殴られたことはなかった。

この騒動の最中に、大金紛失に驚いた石黒の母親が、もしやの思いで、やって来たからたまらない。事件はどんどんと大きくなり、葉介らは、開園以来の大罪人という烙印を押されることになった。

翌日は、学園の講堂に全生徒が集められ、その真正面に四人組が立たされて、曝《さら》しものとなることになった。葉介らの背後では、壇上から蟹が無声映画の弁士の口調で、延々一時間にわたりお説教を続けていた。

いつのまにやら石黒は、被害者だということになっていたが、そんなことは少しも気にならなかった。母物映画でよくある筋書きなのだ。

この出来ごとがあってから、四人組は瓦解《がかい》寸前の状態になった。

並みの学校であったら退学処分を免れないところであったけれども、セント・ジルチ学園は、さすがに一味《ひとあじ》ちがっていた。慈悲深いアメリカ人の園長先生のおかげで、保護者ともども説諭《せつゆ》されるだけの穏便な処置で、ことは収まった。が、若松だけは、無期停学の処分をくらってしまった。

残りの三人のあいだでは、石黒をリンチにかけて憂さ晴らしする話も出たのだが、浜村ひとりが力説するだけで、上杉はあまり乗り気ではなく、当の石黒の怯《おび》えた顔つきを目にすると、葉介も阿呆らしくなってしまい、そのうち、話は立ち消えとなった。

7

担任のフジタは、葉介たちの病根が相当に深いと診断したのか、新しい角度からの矯正を思い立ったらしい。

その結果、クリスマス・イブに、横浜の山手のミッション・スクールで、葉介は、舞台に立ち、フットライトをあびながら、芝居をやる羽目に陥《おちい》った。

不良仲間には、

「これは、頼まれ仕事だからな」

と、顔をしかめて、弁解したものの、本番のステージで、葉介が、多少の恍惚感をおぼえたのは事実だった。

葉介の出番は、師走《しわす》の上旬、よく晴れた日、突然に舞い込んできた。

フジタが、昼休み、副園長先生と、佐藤経子《つねこ》という文化部の女の子と一緒に、葉介のところにやって来て、芝居をやってくれと言い出したのだ。

神奈川県庁と在日米軍の文化センターが共催する青少年演劇コンクールに、学園からも初参加したいのだが、目下、演劇部員はゼロの状態である。この際、君なら、なんとか出来ると思うから、ぜひやってくれとの一点張りであった。

ふだんはいかめしい副園長が、そのときだけは、やたらニコニコしているし、

「お願いするわよ、八坂さん。予算はちゃんと取ってあげるから」

眼鏡をかけた経子ちゃんが力説した。この子は手足がやたら長くて、胴まわりが細く、ポパイの漫画に出てくるオリーブ・オイルによく似ていた。

脚本の選定も、演出も、すべて葉介まかせとのことであったが、よくよく聞いてみると、本番までには、なんと三週間たらずしか残されていないという。セロ弾きのゴーシュみたいに、猛稽古しなければ、とても間に合わない。

それに、この学園の生徒数は少ないし、日数もないこともあって、どうせやるなら短い芝居、しかも演劇部員ゼロなら、いっそのこと、男女生徒のほとんどを、表と裏で参加させる大掛りなものと考えて、結局、決めたのが、フランスの芝居であった。

フジタの友人が翻訳してくれたジャン・アヌイの「唖のユミリュス」で、はしょってやれば、三十分間で上演可能な台本だった。

この台本を選んだ理由の一つは、セント・ジルチ学園には、音楽部が四つもあることだった。それに、横浜から湘南地方にかけての一帯には、幸いにして空襲の被害を免れた楽器が、数多く残っていた。

そんな楽器を楽しみで弄《いじ》っている、おとなしい女の子たちのなかから十二人を選び出して、舞台で、実際に演奏してもらうことにした。ハープ奏者だけで、なんと三人

もいるのだ。

行きがかり上、経子ちゃんは、舞台監督になってもらい、照明、衣裳、効果に大・小道具方の人選は、適宜《てきぎ》、フジタにお任せということにした。

台詞《せりふ》はほとんどない芝居なのに、役者選びが大難航し、やむなく校庭で見かけた子で、柄があう子は、一、二年の生徒でも、経子ちゃんに、強硬に口説かせた。

筋書きは、まるで簡単である。

主役のユミリュスは、生来の唖であったが、祖父の伯爵が、金に糸目をつけずに、医者にかけてくれて、おかげで一日に一言だけ喋れるようになっている。

そしてまもなく伯爵の誕生日がやってくるので、その祝いの宴席でユミリュスは、生まれて初めて口から言葉を発して、晴れて祝辞を披露することが取り決められている。

その祝いの言葉は三十語から成っており、それを言うには、三十日間、今までどおりの唖となって、黙っていなければならない。つまり、一日中沈黙することを、三十日間続ければ、やっと三十語だけ喋れるわけなのだ。

その祝辞を完全にマスターするために、ユミリュスには、家庭教師がつけられることになった。

ここまでが第一幕だが、舞台は大貴族の邸宅の大広間である。当然、お抱え楽士が大勢いることに設定して、連日放課後、ＢＧＭのリハーサルを開始したのだが、芝居の稽古というよりは、室内楽の練習といった雰囲気になってしまった。

第二幕の登場人物は、三人だけである。

家庭教師と散歩に出たユミリュスが、道すがら、祝辞を暗誦している。ただし、この作業は、頭のなかだけでやらなければならない。一言でも口に出すと、そのぶん、肝心の祝辞の文句が減ってしまうのだ。

さて、その特訓の最中に、可愛い娘が通りかかって、道を訊ねる。

ユミリュスは答えてやりたいところだが、かたわらで家庭教師が恐い顔をしており、娘は、しだいに遠ざかってしまう。

数日後、ユミリュスが、ひとりで散歩に出て、白いブランコに腰をかけていると、そこに先日の娘が、再び通りかかる。

その日は、家庭教師はついていない。

少年は思わず立ち上がり、娘のそばに駆けよって、声をかける。

「お嬢さん。先日、あなたは、ぼくに、道を訊ねましたね。実は、海まで十キロあったんです」

ここまで一気に喋って、ユミリュスは、愕然《がくぜん》とする。もう使える言葉は、いくらも残っていないのだ。

今まで口にしてしまった言葉を、指折り数えてから、一人うなずき、意を決した素振りで、再び口を開く。

「要するに、ぼく、あなたが、好きです」

すると、娘が答える。

「えっ、何とおっしゃいまして。……わたし、耳が遠いんですの」

ユミリュスが、唖然としたまま、幕が下りていく。

これだけの芝居である。

主役をやるのは、当然、葉介で、娘役には赤羽マーシャを使いたかったのだが、本人がどうしても首をたてに振らない。

人前で恥をかくのは嫌だというのだ。

やむなく影山郁子《いくこ》という絵描きの娘を起用した。この子は、葉介が目をつけたわけではなくて、経子ちゃん推薦の女生徒だった。

ソプラノを唄わせると、学園でも指折りの喉の持主だという触れ込みだが、葉介が一目惚れするタイプではないのが残念だった。

伯爵役には、ヨット部の主将、家庭教師役には、不良仲間の浜村を抜擢した。

ヨット部の主将は、大柄で逞しく、セント・ジルチ学園には、彼以上に貫禄がある生徒は見当たらなかったし、浜村のほうは、どことなく軽薄そうな感じが、剽軽《ひょうきん》な役どころにぴったりだったのだ。

そのうち音楽部の連中が、室内楽の演奏だけでは面白くないと、わざわざ主題曲を作って、持って来てくれた。

チームワークが一段と高まったばかりか、その曲が、なかなかいけるのだ。

「ユミリュス坊やが、口きいた。

生まれて初めて、口きいた。

これから、どういうお話が、
生まれてくるかは、お楽しみ」

という歌詞で、幕あきのとき、コーラス部員に、袖で唄ってもらうことにした。

たった五十分の芝居なのに、参加者総数だけは、四十二人という豪華版となり、段々と雰囲気が盛り上がってきた本番の二日前に、画家の娘が、お多福風邪でダウンしてしまった。

急遽《きゅうきょ》、舞台監督の経子ちゃんが、眼鏡をはずして、リリーフ役として登板することになったのだが、これが絶品なのであった。

ちょっと恥ずかしそうにやる仕種などが、役柄にぴったりで、本人は気づいていないコケティッシュな魅力が、にじみ出ていた。

コンクールの当日、「俊寛《しゅんかん》」、「修禅寺物語」、「父帰る」や、それに「青い鳥」と並んで上演された「唖のユミリュス」は、優勝杯は逸したけれども、特別大賞に輝いた。事前に予定されていなかった臨時の賞だったけれど、審査員の先生方も、葉介たちの作品を扱いかねたらしい。

その頃、葉介の母親は、香水の仕事が安定してきて、関西にある研究所に出張することが多くなっていたが、その日は、寸暇を盗んで横浜の会場にやって来た。

初めて自分の息子の芝居を目にした母親は、その夜、二人きりになると、

「あなた、案外、やるじゃないの。家《うち》の系統にも、八坂のほうにも、お芝居なんかやる人はいないんですけどねえ」

しきりに不思議がっていた。

翌日からの、葉介の私生活は、多忙を極めた。

セント・ジルチの不良少年たちから、

〈八坂は、このところ、芝居なんかやっていて、軟弱である〉

と激しく糾弾《きゅうだん》されてしまって、その汚名をそそぐために、学園の内外で、悪事に精を出さねばならなかったのだ。

芝居に多少の未練はあったが、彼にとっては、不良仲間での面子《メンツ》のほうが大切であった。

葉介は、それまでにも増して、過激な方向を目指し、その行動範囲は広がっていったが、ほどなくセント・ジルチの高等部の第一期生として進学することになった。

けれども、時は、いたずらに過ぎていったわけではない。

彼の周囲では、人の世の流転《るてん》の縮図が、数多く渦まいた。

まず、四人組が、完全に崩壊した。若松は、無期停学の処分を受けて以来、まったく姿を現わさなかったが、それに加えて、上杉の一家が、馬車道から蒸発した。家業のお茶屋は、ずいぶんと以前から倒産同様で、ただでさえ火の車であったのに、体面《たいめん》をつくろうため無理に高利の金をひっぱって、泥沼に嵌《はま》りこんだらしく、家財道具は置きっぱなしで、親爺さんの三味線だけを持ち出しての夜逃げだったことを、葉介は、人の噂で聞いた。

次に、かつて大学を中退して学徒兵として出陣した過去を持つフジタが、その過去に向かって、U《ユー》ターンした。

セント・ジルチの教職を退き、東京の大学に、かなりひねた大学生として、再入学していったのだ。

「おいっ、八坂。お前は、自分の才能をかなり無駄にしてるぞ。そろそろ年貢《ねんぐ》の納めどきにして、ちっとは勉強してみたらどうだい」

これが、フジタの最後の言葉であった。

それから、赤羽マーシャも、横浜から姿を消した。ただし、彼女の場合は、蒸発でも飛翔でもなくて、東京のダンスホールに身を沈めるらしかった。

葉介自身も、映画館通いは、ほどほどにして、念願の官能の世界に足を踏み入れることになった。

その水先案内人となったのは、ノッポの若松であった。

春先のある日、茅ケ崎の家に、若松が、軽三輪に乗って、ひょっこりと姿を現わしたのだ。

礼拝堂のドジな事件以来、消息不明だったけれど、葉介としては、とりたてて心配はしていなかった。身心ともに逞しい若松のことだから、きっと別の世界に舳先《へさき》を向けて、新たな先手必勝の作戦をたてているにちがいないと思っていたのだが、一家をあげて、ブラジルに移住するのだと言う。

それで、目下、家族の旅費を捻出するために、闇屋で荒稼ぎをしているとのことであったが、そんな近況を聞かせてくれたあとで、その日は、以前よりも、うんとしつこく、しかも有無《うむ》を言わさぬ口調で、廓《くるわ》に行こうと誘われて、そのまま葉介も軽三輪に乗り込むことになった。

赤線でのデビューにあたって、葉介の敵娼《あいかた》は、まるでおばさんという感じであった。

「あら、坊や、若いわねえ。……でも、初めてじゃあなさそうね。さあ、お姐《ねえ》ちゃんは、忙しいんだから、早くしましょうね」

　このとき、早生まれの葉介は、十五歳の春を迎えたばかりであったが、初めての登楼のときから、ませて見られてしまった。

　床入りしてからも、情緒などはかけらもなく、若松と彩ちゃんにならって古式ゆかしい儀式のように執《と》り行なう余裕はなかった。

　せわしなく手を添えられて入口にもっていかれると、そこはやたらヌルヌルした感じで、初めてのお女郎さんをよく憶えておこうとして、上になっても相手の顔をじっと見ていたら、

「まあ、厭《いや》だよ、この人。助平たらしい」

　と、邪険にされて、それでも下半身だけは勝手に動き、片隅の古びた鏡台もつられて揺れつづけ、気がつくと目の前に白い紙が差し出されていた。

「自分でちゃんと拭きなさいよ。時間だからね」

　なんともあっけないショートタイムであった。

　その夜の勘定は、本来ならば葉介が、餞別《せんべつ》がわりに支払うべきだったが、若松が、まとめて払ってくれた。

　そればかりか若松は、愛蔵している根付けの一つを持参してきていて、その逸品を葉介にくれると言うのだ。

それは、葉介が、かねてから気に入っていた角兵衛獅子であった。獅子の面をかぶった少年が坐りこんでいる五センチ程度の小ぶりなものであったが、大きくあけられた獅子の口のなかから、あどけない少年の顔の一部がのぞいているなど、材質の黄楊《つげ》には、精緻《せいち》をきわめた細工が施《ほどこ》されていた。

色街の勘定を支払ってくれたことと、その根付けを手渡してくれたことが、若松なりの訣別《けつべつ》の挨拶だったのかもしれない。

この男とは、その後の葉介の人生航路で、二度と再び出遇うことはなかったのだ。

a love letter fo

第二章

極《ごく》道《どう》志《し》願《がん》

Li Lar

1

朝鮮半島で、突如として、南北が対立する動乱が勃発《ぼっぱつ》し、横浜の街が、特需景気で異常な賑わいに沸き立ちはじめていた年の初夏のことであった。

石川町《いしかわちょう》で電車を降り立った八坂葉介は、足早に年長の友人、池田さんとの待ち合わせ場所に向かった。

セント・ジルチの高等部の最上級生となった葉介は、このところ、軀がひとまわり以上も逞しくなっていて、胸元や両腕、それに尻と太腿に堅い肉がつき、顔つきからは、子供っぽさが消えかかっていた。

元町《もとまち》の喜久屋《キクヤ》の前を通り過ぎて、ポピーの斜《なな》め前の角で右に折れ、代官坂をあがって行くと、トンネルの手前に、その店は、建っていた。

崖っぷちに沿《そ》っていることから、クリフサイドと名前がついていて、わざと目立たなくしたような地味なデザインのネオンが、ひかえめに点滅していた。

入口に明示してある進駐軍専用の標識を無視して、大股で店内に入ると、葉介は、フロントに立っているサブ・マネージャーに軽く会釈《えしゃく》をしてから、バンドの連中の溜《たま》り場《ば》になっているカウンターの片隅のスツールに腰をおろした。

まだ黄昏どきなのに、奥のフロアやテーブルは、若いGIやダンサーたちで、早くもごったがえしており、女たちの張り上げる嬌声や、バンドの演奏するテンポの速いジャズの響きがこだまし、店内には、いつものように異様な熱気が立ち込めていた。

チーフ・バーテンダーが作ってくれた水割りを、葉介が舐《な》めるように啜《すす》っていると、まもなく池田さんが姿を現わした。

年齢は、まだ四十前なのに、池田さんは、髪の毛がうすい。それを、きちんと撫でつけている。しかも七三に分けていて、もみあげなんかも伸ばしていない。

髪の毛は、豊富ではないのに、週に一度は、床屋に出かけていく。そのくせ、散髪したてという感じは、好まぬらしい。床屋から戻ってくると、何度も自分で櫛《くし》を入れ直している。

そして出来あがった髪型は、直す前とほとんど変わりはないのだが、とにかく、全体の印象は、どこか只者ではない感じがつきまとう中年男であった。

肌の色は、浅黒い。鼻筋が通っていて、口許は大きく、引き締まっている。

それに、あそこが、大きい。一緒に風呂に入ったとき、葉介は、横目でゆっくりと観察して確かめてみた。評判の一物のことは、かねてより何度か耳にしていたのだ。

それほどこの人の持物は、横浜《ハマ》の夜の世界では有名で、葉介が一緒に歩いていて、

〈おや、ちょっといい女だな〉

と思う女性は、たいてい向こうから池田さんに挨拶してくる。そして、そんな女性とは、過去に一、二度経験があるらしい。まるでハマの水商売の女たちが、一流と呼ばれるようになっていく過程のなかには、池田さんとベッドを共にすることが、必修コースとして組み込まれているみたいだった。

肩幅は、がっしりしていて、手足も太いが、背が低い。綽名を、ポンちゃんという。その名の由来は定かではないが、敗戦直後の混乱期に、金槌を腰にぶらさげて徘徊《はいかい》していたらしい。そして、たとえ、相手が拳銃を持っていても、いったん、ことが持ち上がると、池田さんは、腰の金槌で、「ポンポン」と相手に一撃、二撃をくらわしてケリをつけたというのだが、真偽のほどは確かめていない。

池田さんは、ギャングである。日本でいう極道者《ごくどうもん》、筋者、無職渡世の類《たぐい》だが、表むきの稼業は、ちゃんと持っている。伊勢佐木町で、ＧＩ相手のバーをやっていて、名

義上そこの社長ということになっているが、実際は、奥さんとその弟がきりもりしていた。

　セント・ジルチでの不良仲間の浜村が、二葉町の料亭の次男坊である池田さんとは、従兄弟《いとこ》同士の間柄にあった。

　最初、池田さんは、葉介にとってたんなる顔見知りで、道で会ったら挨拶する程度のつき合いだったが、そのうち、公園山の八角堂の裏手で、些細《ささい》な揉《も》めごとがあり、その後始末のことで縁が深くなったのだ。

　高校生ばなれした大柄で、逞《たくま》しい軀に成長した葉介や浜村たちが、間門《まかど》の米軍基地での皿洗いのアルバイトや、山下公園の近くの進駐軍専用のクラブ「ニューヨーカー」のボーイなどの地味な仕事に嫌気がさして、もっと手っ取り早い儲《もう》け口《ぐち》はないかと、あれこれと企《たく》らんだことが発端であった。

　そして、下らない思案をするよりも、まず実力行使だと、下積みの仕事に見切りをつけ、前年の暮れから、硬派グループを結成して、尖鋭《せんえい》な行動を開始した。

　セント・ジルチの札《ふだ》付きばかりを集めて徒党を組み、国立大学の学生や、戦後成金のドラ息子たちが開催するダンスパーティを選んでは、荒らしまわったのだが、しだいに、一味は深みに嵌《は》まっていった。

　葉介らが、せいぜい怖持《こわも》てのするメンバーを、取りそろえていたことで、パーティ荒らしは、当初、面白いくらいに成功して、関係者各位は、なんなく小遣い稼ぎをすることが出来たのだが、やがて、相手方も自衛手段をこうじるようになった。相撲部やレスリング部の猛者《もさ》を、前面に押し出しはじめたのだ。そうなると、葉介らも対抗上、組織の準構成員などを引っぱって行かざるを得なくなり、事態は、妙にこじれてしまった。

その後、抗争は尾をひいて、最終的に敵対することになった不良大学生グループとの、つまらない小競《こぜ》り合《あ》いが続発したそのあげくの果てに、八角堂でのゴロまきで、ケリをつけようということにまでエスカレートしたのだが、双方が事前に予想した以上に、多数の怪我人が出る結末となった。

乱闘は、総勢十数人が入り乱れて、薄暗がりのなかで行なわれた。セント・ジルチ軍では、葉介が、左腕の上膊部《じょうはくぶ》を匕首《あいくち》状の刃物で抉《えぐ》られ、浜村などは二人がかりで押し倒されて、肋骨を三本ばかり折られたうえに、鼻を煉瓦《れんが》で叩き潰されたりした。

けれども、リーダー格の二人が傷ついたことで、年少者グループは、かえって結束を固めた。残りの精鋭が、一歩も退かずに、それぞれ木刀を片手に、歯を剥き出しにして、挑《いど》みかかったので、すっかり浮足だった相手側は、四人ほど全治三週間以上の怪我人を出すさんざんのていたらくであった。

喧嘩は、明らかに葉介側の勝利に終わったのだが、それからが厄介《やっかい》なことになった。相手側の重傷者の一人に、辻堂に住む製糖会社の副社長の放蕩息子がいて、その母親が、地元の土建屋あがりの市会議員に泣きついたものだから、事件は、すっかり荒立って、キナ臭くなってしまったのだ。

とどのつまりは、葉介らの一味のような駆け出しの青二才の集合体には、どうにも収拾のつかない状態となり、いつしか、まともにハマの表通りを歩けないどころか、葉介などは、辻堂の三下やくざに付け狙われて、人目をしのんで湘南電車に乗りこまねばならぬ羽目になってしまった。

やむなく、浜村の縁故をたよって、池田さんに泣きつくことになった。

「……なんだよ、たかが、学生同士の喧嘩だろう。そんなことぐらい自分たちで始末できないのかい」

池田さんは、当初、年若い従兄弟の必死の頼みごとに対して、首を横に振るばかりであった。

「そんな冷たいことを言わないでくださいよ。相手が学生だけだったら、たとえ、大学の柔道部の野郎だって、話のつけようはありますよ。でも、今度の奴らは、てんでだらしがなくって、すぐ泣きつくんですよ」

「泣きつくって、警察にかい？」

「もうっ、からかわないでください、本気なんですから。……辻堂のチンピラにですよ。今、俺も、この八坂も、連中に追っかけられて参っているんです」

「追われるだけのことをしたんだろう」

「だから、最初に言ったように、学生同士の喧嘩ですって。それに、こっちだって無傷じゃないんだから、お相子《あいこ》ですよ。ほらっ、こいつだってそうですよ。ヤッパで刺されちゃって」

浜村が、半泣きの表情になって、掻《か》き口説《くど》いていると、そのうち、池田さんは、大口をあけて笑い出した。

「仕様がないなあ、清ちゃん。あんたの傷だらけの顔をみてると、断われないや。……だけど、いいかい、俺は、尻ぬぐいはしないぜ。ただ、辻堂の連中や、相手の大学生の言い分を聞いてみてやるよ。そして、穏便《おんびん》におさまるように道をつけてやるが、多少の銭《ぜに》はかかるかもしれんな、覚悟しておけよ」

ということになったのである。

ところが、曙町にある池田さんの所属する組の本部事務所で執《と》り行なわれた手打ちの当日、関係者として顔をみせたのは、名の通った筋者だけで、肝心の騒ぎを引き起こした双方の不良学生やチンピラどもは、葉介以外は、誰一人として、顔を出しはしなかった。浜村も鼻の傷が悪化して、入院してしまったのだ。

拍子抜けしたギャングの兄貴分たちは、白けかえってしまい、口々《くちぐち》に、戦後の不良どもは腰抜けぞろいだと、喚《わめ》きちらし、さんざん毒づいたあげく、緊急に招集されたその日の会合は、いつのまにか同業者同士の久々の懇親会といった雰囲気になってしまった。

素人としてただひとり列席した葉介の、チンピラの世界での罪状は、さして怯えもせず組の事務所に顔を出し、最後まで平然と同席していた度胸にめんじて、今回に限り、ペナルティーをいっさいとられることもなく、不問にふされることになった。

おまけに、その集まりの最中に、はるばる小田原から出向いてきていた別派の組織のお兄さんが、覚醒剤《シャブ》の禁断症状からか、突如、脇差を振りまわして、暴れ出したのだが（このお兄さんは、ただちに、本家《ほんけ》の若い衆に、背後から、鉄亜鈴《てつあれい》で後頭部を強打されて、口から泡をふいて悶絶することになった）、そのときの葉介の落ち着きはらった態度が、なかなかよかったとかで、すっかり池田さんに気に入られてしまったのである。

2

クリフサイドの支配人と、しばらく立ち話をしてから、池田さんは、葉介の坐っているカウンターにやって来た。

「やあ、ジョージ。いつもわざわざ出て来てもらってわるいな」

「いや、そんなことはないですよ」

少しばかり混血児っぽい葉介のことを、池田さんは、ジョージと綽名をつけて、人にもそう紹介するようになっている。

「ところでなあ、ジョージよお、加奈子さんが、だいぶ怒ってたぜ。お前さんらしくないな。相手を怒らせるなんて」

「そうですか、やっぱり。……どうもすみません。あんな人は初めてですから、ちょっと調子が狂いましたよ」

「まあ、いいさ。お前さん同様、加奈子さんも変わり者だからな。でも、懲《こ》りずにご指名だよ。明日は、遠出をしてくれや、東京まで。……暑いなかを、わざわざご苦労だけどな、夕方までに、築地の市村って旅館まで来てくれってさ。ほらっ、これは、行先の住所と、足代だよ」

と、紙きれと、その年に新規発行されたばかりの千円札を数枚渡してくれた。

「じゃあ、明日は、気合いを入れて頑張りますから、きょうは、これで失礼します」

「そうかい。ゆっくりしていったって良いんだぜ。新しいバンドが入っているし……」

「いや、この前のことがありますから、今夜は、早目に帰りますよ」

「そうだな、お前さんには、仕事だもんな。まあ、せいぜい頑張ってくれや」

池田さんは、片手間にバンド関係の仕事をやっている。といっても幡随院長兵衛の昔から、この世界によくある人入れ稼業だが、とにかくその周辺には、音楽関係をはじめいろんな人種が集まってくる。

キャバレーの用心棒、ＧＩ相手のポン引き、ポーカーなどの博打《ばくち》専門の廻銭屋《かいせんや》、もぐりの医者、ダンサーたちの衣裳を仕立てる洋服屋などさまざまな職業の連中だったが、いずれも裏街道の住人であった。

どの人物も、言葉づかいや服装だけでなく、人間自体がすこぶる変化に富んでいて、とにかく、池田さんのそばにくっついていれば、飽きることがなかった。

曙町の事務所での手打ち以来、連日、伊勢佐木町や元町界隈までやって来ては、ただひたすら面白がって、楽屋などに入り浸っている葉介のことを、池田さんは、別に面倒くさがりもせず、まるで若い友達として扱ってくれて、そのうち、知り合いにも一人前の男として紹介してくれるようになった。

それでも、最初の頃、一度だけ叱られたことがある。

バンドの連中の喧嘩を、葉介が仲裁したときのことであった。

ちょうど、池田さんがいなかったし、ポーカーの勝負が原因の、つまらない喧嘩だと思ったから、とめに入ったのだ。気持ちがいいくらいぴたりと治まったので、葉介としては、褒《ほ》めてもらえるぐらいに考えていたのだが、翌日、こっぴどく叱られた。

「なあ、ジョージ。俺がいないときに、あまり出しゃばるなよ。いいか、お前さんは、素人《ネス》なんだぜ。だから、まわりの連中は黙っていたんだよ、相手の仕様がないからな。……いくらラッパ吹いてたって、あいつら極道者だよ。いつでもドスの一本くらいその辺に用意してるぜ。本気にさせると、俺の知り合いなんてことは関係なくなるんだからな。まあ、これからも、俺んとこに顔を出すなら、このことは、よく憶えておいたほうがいいぜ」

おおよそ、このような内容のことを、広辞苑をひいても出ていない単語を混じえて喋ってくれたのだ。

「つまりな、ジョージ。お前さんは、あの連中とは、なる木がちがうってことよ」

このあたりまでは真顔で言っていたが、やがてニヤニヤ笑いながら、

「それに、お前さんには、硬派は向かないよ。どう見ても、ジョージは軟派だな、そうだ、軟派に励んでみなっ。俺がいい仕事を世話してやるよ」

と、それからしばらくして持ち込まれたのが、今でいうホストのはしり、早くいえば、男妾《ジゴロ》、女を抱いて金になる稼業であった。

夜の九時か十時、池田さんに言われた待合やホテルの一室に行くと、女が待ってい

る。

だいたい四十から五十のあいだの年齢の人たちで、平均してあとのほうの年齢に近い女の人が多かった。

噂にきく白人の女士官たちは、当初、まったく現われなかった。これは、別のルートで扱われているみたいだったが、とにかく、夜の遊びの世界に精通している池田さんのところには、若い男の世話をする仕事まで、持ち込まれてくるらしかった。

多少は、池田さんが、ふるいにかけてくれているのか、そんなにひどい相手はいなかった。どの客にも共通していることは、葉介が自分の年齢を「十七歳」だと言うと、一瞬、えも言われぬ表情をすることだった。

人によって顔かたちがちがうし、化粧の仕方もさまざまで、一口にその表情を説明することはできない。羨望《せんぼう》、嫉妬《しっと》、蔑《さげす》み、そんなものとは、まるで関係のない素直な発情の兆《きざ》し、好色の原点といったものが、十七歳と聞いたとたん、相手の女性の目のなかにともるのだ。

たいていの男が、老境に近づいてから、セーラー服の少女にあこがれるように、女性もある程度年をとると、若者を抱きたくなるのだろうか。

上辺《うわべ》だけは、どんなに取りつくろっていても、なかには、そういう好《この》みをお持ちになっているご婦人が間違いなく存在することを、年若い葉介は、まもなく、充分に納得するようになった。

池田さんに言われたとおりの部屋に行くと、その証拠が、高価な衣裳をまとって待っていたからだ。

暗闇のルートをたどって、ひそかに束の間の男遊びをしようという女性には、原則として二つのタイプがあった。

その気で、その部屋まで来ているのに、すぐには行動できぬ方《かた》と、即座に本番可能な人とであるが、第一印象で、どちらのタイプだか的確に見定めないと、それからの展開がややこしくなる。

後者のタイプが相手だと、すぐに素っ裸になったほうが、いいみたいだ。でも、そのままベッドで横になるのではなくて、まずシャワーをあびるか、風呂に入る。そのうち、相手も勝手に裸になるし、ほとんど口もきかずにゲームは進行していく。

「ねえ、わたしって、いいでしょう」

つまり、自分のは名器だろうというようなことを、本人の口から言い出す人が少なくない。いったん合戦が始まると、おしなべて後者の皆さん方は、やたらはしゃぎ出す。

そして、ベッドの上でワン・ラウンドが終了すると、次は絨毯《じゅうたん》の上でころげまわったり、変化にとんだ激しいものが喜ばれる。葉介の三倍近く年をとっているのに、皆さん、実にタフなのだ。

もう、これで、いいだろうと、葉介が、ひと眠りなんかしていると、泊まりのお客さんなど、夜中につつき起こす。もう一試合、ご所望なのだ。

こんなときは、本当に、うんざりする。

だから、このタイプが相手の場合、あまり、ざっくばらんにやっても、こちらの身がもたない。スタミナの配分を考えて、適当に駆け引きしなくてはならない。いくら葉介が若くて、仕事とはいえ、時間無制限の試合は出来かねるのであった。

一方、その気でやって来ているのに、すぐには行動できない方には、お酒を飲んでいただくに限る。そのためのブランデーなどが部屋にはちゃんと用意してあった。

男は、酒が入りすぎると駄目になる人が多いけれど、女性の場合は、酔うと、間違いなく助平になる。これは、葉介の経験からしてみて、九十パーセントまで、確実な現象だった。

軀を堅くして、押し黙っている相手に飲ませるには、礼儀正しい態度をとること、こちらも飲むこと、それに、ふだんの調子で喋ること、これしかない。ほかにＢＧＭでもあれば、まずぬかりはなかった。

このタイプの女性は、子宮とはちがうところで発情するらしい。

ベッドの上で、本番になると、激しく声をだして身もだえするけれども、燃えてい

るのは躯ではなくて頭のなかのようだ。つまり、浮気している自分に昂奮していると
いった気配がするのだ。
酔っているときは、腰をよじらせて、武者ぶりつき、酒臭い鼻声で、
「ねえ、わたしを滅茶苦茶にしてよ」
なんて、言ってるくせに、翌朝になると、まるで見知らぬ他人と一緒にいるといっ
た風情《ふぜい》になって、さっさと身支度をすると、
「これから先、もし道で会っても、挨拶なんかしちゃあ駄目よ」
と、「第十七捕虜収容所」のウィリアム・ホールデンみたいな捨てぜりふを残して、
立ち去っていくのであった。
もちろん、この二つのタイプの女性ばかりを、相手にしたわけではなかった。
春先から、夏休みに入ったその頃まで、池田さん経由で、お手合わせをした女性は、
二十人をこえるけれども、なかにはSMがかった人もいた。
どうしても小水《しょうすい》を呑めと執拗に言いはる刺青を背にしたお姐さんもいたし、鞭《むち》を
持った二人の女性を相手にしたこともあった。
刺青のお姐さんを相手にしたときは、事前に池田さんから、特に助言があった。
「おい、ジョージ。わるいけど、一度だけ面倒なことを頼まれてくれや。お前さんの

手に負《お》えない相手かもしれないが、今夜は、ほかに兵隊がいないんだよ。そのかわり、銭《ぜに》は弾《はず》むからさ。……いいか、ただのお客さんじゃないんだから、どんなことを言われても逆《さか》らうなよ。頼むから、相手の言うとおりにしてくれ、いいな」

お姐さんは、頬がこけて、どす黒い顔色をしており、おまけに鋭い目つきをしていたが、背丈は、小柄なほうだった。

その上辺《うわべ》から年齢のほどは判然としなかったが、相手は、部屋に入ると、着ていた花柄のワンピースをすぐに脱ぎすてた。

裸になった軀は、顔つきよりも、さらに老《ふ》けこんでいた。胸元の乳房はしなび、黒ずんだ乳首だけが目立っており、あばら骨が浮き出て、尻の肉もおちていた。

そして、脚の付け根や、両腕の関節部分には、明らかに注射の跡とわかる斑点が、無数に散らばっていた。

軀中の肉は薄くて、脂気《あぶらっけ》がなく、背中に彫られた般若《はんにゃ》の面には、無惨なまでに皺がよっており、その鬼女の表情は、怒っているのか、笑っているやら、わからなかった。

お姐さんは、素っ裸のまま、大股でスタスタと風呂場に向かったが、両手に、一升壜を一本ずつぶらさげ、左脇には、医者の鞄のようなものを抱えていた。

数分後、声がかかった。

「ねえ、ちょいと、あんた、こっちにおいでよ」

四畳半ほどの広さの浴室には、湯気が、もうもうと立ちこめていた。

「あたしはね、長いこと、おつとめをしてきたんだよ。わかるだろ、お屋敷に入ってたのさ……」

全裸のままの姿で、タイルの上に、胡座《あぐら》をかいたお姐さんは、じっと葉介の顔を見据えて、喋りつづけた。

「きょうはね、あたしにとって久しぶりのいんこ（男女の交わりのこと。暗黒街の言葉で、淫行から転じたもの）なんだよ。あんたも、気合いを入れて、手をかしておくれっ、おっといけない、ムスコをかしておくれって言ったほうがいいのかねえ」

お姐さんは、気味のわるい薄笑いを浮かべながら、葉介に、最初の命令を下した。

浴室の入口に置いた鞄のなかから取り出した二つの小型浣腸器を、二人のお尻に、それぞれセットすることが、手始めの注文だった。

そして、その器具をつけたまま、二人して冷や酒を呑み、堪《こら》え切れなくなる寸前に、交わろうというのであった。

タイルの上で、双方ともお尻に詰めものをしたまま、どうにか接したのだが、お姐さんのあそこは、なかなか濡れずに、最後まで、ぎしぎしとした感触が消えなかった。

アクロバットさながらの体位で、どうにか、ことが終わると、すぐさま次の注文が出た。

手洗いに行き、お尻の詰めものを外して、相手の目の前で、体内のものを排出しろというのだ。

葉介は、とっさに、雪隠詰《せっちんづ》めという言葉を連想したが、相手の形相の物凄さに、恥をしのんで、どうにか、その役目を果たし終えた。

すると、ついでに自分の出すところも見ろと言い出した。

その途中、あまりの汚さに、葉介が、一瞬、目をそらせると、相手は、突如として、怒り狂い、近頃の若い者は、だらしがないと、髪をふり乱して怒鳴りちらした。

やっと狂乱状態がおさまったかと思うと、今度は、罰として、小水を呑めと口走りはじめた。それればかりは勘弁してくれと、葉介が頭を下げっぱなしにしていたら、最後の命令が出た。

お尻から、酒を呑めというのだ。

このお仕置《しおき》は、すべて、お姐さんが、手ずから行なった。一升壜の中身を木桶にあけて、鞄から取り出した大型のゴム製浣腸器の先端の片方を、酒のなかに浸し、残りの先端を、葉介のお尻に差し込むと、お姐さんは、暗い目つきで、じっと葉介の顔をのぞきこみながら、キュッ、キュッと、器具の中央の球状の部分を押して、日本酒を、男の体内に送り込んだのであった。

翌日、葉介は、終日、ひどい二日酔いに苦しんだ。

般若の刺青を背にしたその女が、ひと昔前は、ミナト小町とうたわれた香具師《テキヤ》の娘で、敗戦直後、大の男二人を相手にしての刃傷沙汰《にんじょうざた》で、刑務所におくられていたことを、葉介は、後日、池田さんから聞いた。

見かけによらず、お姐さんは、まだ三十歳にもならぬ若さだということであった。

一方、二人連れの女性客の場合は、痩せこけた片方の見ている前で、葉介が、別の一人を相手にしたのだけれど、最初から、異様な展開であった。

葉介のことをわざと無視した態度で、痩せた女が鞭を振りまわしながら、若い女を責めたてたのだ。

「ほらっ、たまには、若い男としたいんだろ、ふん、生意気なことを言いやがって。……おい、早くこの男とやってみろよ」

「…………」

「なんだい、早くしろよ。俺が、ここで、見ていてやるからさあ」

若い女は、裸になると、肉づきが豊かで、しかも奇麗な肌をしていた。色が抜けるように白いばかりでなく、肌理《きめ》こまかくて、むっちりと張りつめている肌に、細身の鞭があたると、その部分には、見るまに赤い筋が走った。

「やめてよ、おねえさん。わかったわよ。やればいいんでしょ」

若い女は、ふてくされたように、ベッドに横たわったが、その軀の芯になる部分は、葉介がいくら攻めたてても、まったく反応を示さなかった。

その間、瘦せこけた女は、鞭を折れんばかりに握りしめて、小声で、なにやら喚きちらしていた。

味気なく、なんとも落ち着かない仕事を、葉介は、どうやらやっとこなしたが、それまでの経過は、あくまで前座の駆け引きにすぎなかったらしく、その後、本来のレズ同士に戻った二人が、堂々たるファイナル・マッチを披露してくれた。

誇らしげな表情を片頰に浮かべている瘦せこけた男役の秘技は、本物の男の視線を意識してか、やや演技過剰にみえるものであったが、葉介には、ずいぶんと勉強になった。

やがて、若い女は、別人のように乱れはじめ、すすり泣き、軀を何度も大きく仰《の》け反《ぞ》らせて、絶叫するようになった。

葉介は、目をみはる思いであった。

男役は、怪《あや》しげな小道具などは、いっさい使わないのだ。武器は、すべて指先と舌先、それに相手の耳許への一方的なお喋りであった。それも、歯切れがいい脅しの文句と、歯の浮くような甘い科白《せりふ》を、交互に使いわけるのであった。

池田さんは、ジゴロの役目を、どうにか葉介がこなしているのを見とどけると、ある日、上玉《じょうだま》を割りふってくれた。

「おい、ジョージ。このところ、お前さんには、いつも妙なのばかり宛《あて》がっているから、たまには別嬪《べっぴん》さんを紹介してやるよ。……でも、どうかな、ジョージにつとまるかなあ」

そういう前口上で、引き合わされたのが、加奈子さんであった。

3

それまで自分が相手にした女性のうちの、どのタイプに、加奈子さんが属するのか、葉介は、初対面のときに見抜けなかった。

あるいは、加奈子さんが、数少ない女性体験から葉介が得ていた認識などはるかに凌駕《りょうが》する女性だったのかもしれない。

第一、物凄い美人で、それに若い。まだ三十過ぎくらいなのに紗《しゃ》の着物が似合って、とても素人女にはみえなかった。

当時、町中で、目立って派手な服装をしているのは、外人相手のオンリーか、水商売の女性と相場がきまっていたが、加奈子さんは、人妻だった。

亭主というのが、売り出し中のジャズ・シンガーで、東京でも指折りのプレイボーイだそうだ。目下、二人は別居していて、亭主はファッションモデルと同棲中であり、それで加奈子さんは、日本橋浜町の実家に戻って、昼間は、父親の秘書をしているという。

池田さんの話によれば、その父親は、東京でも有数の土建業者で、米軍キャンプの建設などを請負って、相当に羽振りがいい人物らしい。

加奈子さんとは、最初、ハマの根岸の待合で逢ったのだけれど、そのときは、まだ陽が高く、蒲団の上で汗をかく時間じゃないなと、葉介が思っていると、

「ねえ、あなた。今、何がしたい？」

と、問いかけられ、

「酒が呑みたいや、カクテルのうまいやつなんかいいなあ」

つい気取って答えると、

「じゃあ、私が、連れてってあげる」

わざわざハイヤーをやとって、野毛山の近くの古びたカウンターがある店で、まずマティーニ。次にギムレットを一杯ずつ注文したのだった。

彼女の呑みっぷりのよさに、これは、呑んでからしたがるタイプだと早合点をした葉介は、久しぶりに気分がいいので、浮かれついでに、ハイボールに切り換えて、ど

んどんお代わりを繰り返し、そろそろ根岸の待合に戻りましょうよと、加奈子さんに促された頃には、調子にのって二十杯近くをたいらげていた。

そして、その夜は、役立たずとなり果てた。まるで勃起せず、障子紙を突き破る元気もなかった。

着物を脱いで、受け入れ態勢万全だった色白で小太りの加奈子さんは、憤然として、途中で帯をかかえて帰っていった。

そのリターン・マッチの当日、築地明石町の市村という旅館を探しあてて、玄関に立って来意を告げると、すぐ奥まった離れに通された。

閑静な和室で一人になると、葉介は、茅ケ崎からの長い道中の疲れが出てしまって、いつのまにか、座蒲団を枕に、シャツの胸元をはだけて転《うた》た寝《ね》をしたらしい。

気がつくと、加奈子さんに、乳首を弄《いじ》られていた。

その日は、オレンジ色のワンピース姿の彼女が、艶《あで》やかな笑みを浮かべて、

「ごめんなさいね、待ちくたびれたんでしょ。さあ、近所にでも出かけましょうか」

と誘ってくれたが、葉介は、即座にお断わりして、夕暮れどきから、襖をしめ切って、汚名挽回《おめいばんかい》とばかりに攻撃しまくった。

さかんに喜悦の呻き声をあげる相手を見下ろしながら、葉介は、やっと彼女の正体

をつかむことが出来た。つまり、加奈子さんは、酒を呑んでからでも、すぐ本番でも、とにかく出来ればいいタイプなのだ。そして頭と体の両方で満喫するらしい。

よがり声も物凄く、母家のほうから女中さんが、様子をうかがいに来やしないかと心配になるくらいだった。

二回戦を終了すると、けろりとして、

「ああ、すごく良かったわ。さあ、これから、うんとご馳走してあげるわね」

豊かなお尻をふりふり起き上がって、外出の支度を始めた。

行先は、宿から目と鼻の先の聖路加《せいろか》病院にある米軍の将校クラブだった。

一般の日本人は、立入り禁止になっているはずのそのクラブに、加奈子さんは、フリーパスで、堂々と葉介を引き連れて入りこんだ。その足でまっすぐにレストランに向かい、奥まったテーブルに陣取ると、ガーリックを利かせたシャリアピン・ステーキなど三品も、葉介のために注文してくれたが、ご自分は、前菜だけですませるようだった。

どこから、あのスタミナが出てくるのかなと、葉介が訝《いぶか》りながらも、テーブルの上に出された料理をすべてたいらげると、そのあとは、ダンスフロアの近くに席を移して、軽く飲むことになった。

ステージには、横浜で顔見知りのバンドの連中が出演していて、サックス奏者から、

「ジョージさん、お安くないね」

と、冷やかされてしまった。

二人でビールを三本飲みほして、旅館に戻ると、それから、再び肉弾戦だった。

加奈子さんは、深夜まで、執拗に葉介の若い軀を求めつづけ、三度にわたり両脚をひらいた後、やっと満足したようで、肌の色艶が、日暮れどきよりも一段と瑞々《みずみず》しくなっていた。

彼女は、赤ん坊みたいに柔らかい肌をしているくせに、乳首からは、長い毛が二本生《は》えていた。そのことをからかうと、縁起をかついで、切らずに、残してあるのだという答えが、眠そうな声で返ってきた。

その翌日、濃厚なスペシャル・サービスにすっかり喜んだ淫乱な人妻は、葉介を買物に連れ出した。

銀座の並木通りのチロルで、トレンチコート、そのあと、恵比寿の消防署裏のタカハシでは、タキシードを誂《あつら》えてくれると言うのであった。

それまで葉介は、仕事としていくらベッドを共にしても、池田さんから小遣いをもらうだけで、お客からは何も受け取らないことになっていた。

つまり、寝るだけがヨロクといった按配《あんばい》で、池田さんと客とのあいだの取り決めには、まったく関与していなかった。

二、三日たって、タキシードのことを、池田さんに話すと、
「いいんだよ。それくらい、もらっておけよ。あの人の亭主は、年下で、だらしない奴だが、親爺さんが大金持ちなんだから、大丈夫だよ。かまやしないさ。……それにしても、お前も腕をあげたじゃないか、大したもんだ。いいか、これからも、くれるというものは、何だってもらえばいいんだよ。外車をせしめた奴だっているんだぜ。……ただなあ、あの人は、飽きっぽいから、いくらお前さんのことを気に入っても、よく続いてあと一、二ヵ月だろうな。でも、そのあいだは、やたらしつこくされるから、まあ、せいぜい栄養をとっておくんだな」

と、分厚い百円札の束を手渡してくれながら、

「あの人をこなせたら、お前さんも一流になれるよ。まあ、今のうちに女の正体を見ておくんだな。どうだい、ばれないとわかったら、皆さん、すごいだろう、ベッドの上で」

と、まるで鍵穴から見ているようなことを言うのだった。

たしかに、加奈子さんは、しつこくて、それからは、週に三度は、茅ケ崎の家にお呼びの電話がかかってきた。

そのたびに、葉介は、東京や横浜にまめに出かけて行っては、汗を流してくるようになった。

夏休みが終わりに近づいたある日、葉介は、東京で、懐かしい旧友と再会した。ちょうど、加奈子さんの誕生日にあたる日で、たまには、こぢんまりとした店で、素敵なジャズでも聴きたいと出かけていったクラブでのことであった。

行先は、麹町《こうじまち》のエスカイヤーであったが、予約なしで出向いたので、店内は、すでにぎっしりと満席であった。

加奈子さんは、さっそく、いつもの強引さを発揮して、ハーフのマネージャーに頼みこみ、やっとのことで狭い席を、二人連れの女性客と相席《あいせき》で確保することができた。

ステージでは、当時の日本で超一流だとの定評のあったコンボが、噂どおりの素晴らしい演奏を行なっていた。

編成は、フィリピン人のリーダーのクラリネットにピアノ、ベース、ドラムス、それにギターだった。

ウイスキーの水割りを注文して、まもなく、加奈子さんに、ほかのテーブルから、お呼びがかかった。

相手は、父親の同業者だとかで、誘いを断わりきれないらしく、

「すぐ戻りますから、おとなしく飲んでいてね」

と、加奈子さんは、呼ばれた席に移っていったが、やがて、演奏中にもかかわらず、

そのテーブルからは、卑猥《ひわい》な笑い声があがって、脂ぎった中年の男が、チラチラと葉介のほうに、露骨な視線を向けてきた。

葉介は、水割りを呷《あお》り、コンボが軽快なタッチで演奏している「アラビアの酋長《しゅうちょう》」に耳をかたむけようとしたが、折しも、メンバーの全員で、エンディングをびしっと決めたところであった。

そのとたん、隣りの女性客に声をかけられたのだ。

「久しぶりねえ、八坂君」

その女性のことは、店に入った瞬間から、葉介は、意識していた。いや、エスカイヤー中の男性客が注目していたといってもよい。

東京や横浜でもめったにお目にかかれないほどの飛びきりの美人だったのだ。

けれども、葉介のことを、八坂君と呼ぶ女は、一人しかいない。

葉介は、その女の顔を、しげしげと眺めてみた。

広い額《ひたい》、心もち上向きの鼻先、利かん気が強そうな眸、異常に長い睫《まつげ》、ふっくらとした唇、肩口までかかったふわふわした髪。

相手は、やがて、堪《こら》えきれなくなった様子で、笑顔をみせた。そのとたんに、懐かしいマーシャの表情が、そこに浮かびあがった。

「なんだ、マーシャか」

「なんだは、ないでしょ、ご挨拶ね。グラウンドを一緒に走った相手の顔を忘れちゃ駄目じゃないの」

白いシャークスキンのスーツを着た赤羽マーシャは、見事に変身しており、熟《う》れ始めの柔らかそうな曲線に溢れた肢体からは、芳香と女らしさを、あたり一面に発散させていた。

外人客はオフリミットにして、日本人ばかりを相手にして開業している新橋のダンスホール、フロリダで働いているとかで、自分の連れを職場での先輩だと紹介してくれたあと、マーシャは、勢いこんで、話しかけてきた。

積もる話を、一気に吐き出したいといった風情で、ひとしきり喋りまくったあと、声の調子が、変わった。今度は、小声で囁きはじめたのだ。

「わたし、横浜にいたころ、一度、八坂君のことを素敵だなあって思ったことがあるのよ」

「えっ、そんなことがあったのかい」

「ほら、クリスマス・イブに、お芝居をやったでしょう。あれ、わたしも、こっそり見に行ったのよ。……あのとき、あなた、とても格好よかったわ。頭の天辺《てっぺん》から爪先《つまさき》まで、神経がぴりぴりしている感じで」

「へえ、そういうふうに見えたのかい」

「……あとになって、うんと後悔したわよ。わたしも、あの芝居に出ればよかったなあって。……だって、わたし、横浜には、惨めな思い出しかないんですもの」

「そんな勝手なことを言うなよ。稽古の前に、あれだけ出てくれって頼んだじゃないか」

「あともうひと押ししてくれたら、出てたかもしれないわ」

「どういう意味だい、それ」

「あなたにはわからないかもしれないわね、女心の微妙なところが。……だって、あの学校の女の子は、お嬢さんばかりだったでしょ。そんな人たちの晴れの舞台に、わたしなんか入りこめなかったもの、よっぽど強引に誘ってくれなくちゃあ」

マーシャの意外な一面に初めて触れた気がして、葉介が黙りこんでいると、彼女は、奥のテーブルのほうに目をやりながら、話題を転じた。

その口調には、もはや感傷めいたものはなく、逆にかすかな怒りがこめられていた。

「あなたのお連れさんね、あの人、うちの店によく来てるわ。いつもちがった男と来るので有名なのよ、でも、ちゃらちゃらした男ばっかり」

「ふうん、そうかい」

「ねえ、八坂君。あの奥さんのペットには、あなたはぴったりよ。あなたったら、すっかり立派になって、あの人には勿体《もったい》ないくらいだわ。でも、あなたのパートナーとして、あの奥さんは、似合わないわよ。どうォ、このちがいがわかるかしら。……ねえ、どうして、あんな人とつき合うの?」

「………」

「人のことは言いたくないけど、次から次へと男をかえて、色気狂いって言われているのよ、あの人」

「そんなことぐらい知ってるよ」

「じゃあ、どうしてなの。あなただったら、お金のためだなんて言わせないわよ」

「……マーシャだから言うけど、好奇心かな、やっぱり」

「なによ、キザなことを言って。どうして、もっと自分の頭で考えて、本当にやりたいことを目指さないの。あなたなんか、いろんな才能があるのに……」

「せっかく久しぶりで会ったのに、お説教かい」

「ううん、そんなつもりじゃないけど、わたしの今の気持ちは、嬉しいのと悲しいのと半々だわ。こんなところで会いたくなかったのよ、しかも、あんな人と一緒だなんて幻滅だわ。これまでセント・ジルチのことを思い出すたびに、あなたの姿も浮かんできてたのよ」

「そんなことを言ったって、仕方がないだろう、まだ若いんだから」

「そりゃあ、年頃だから、女を抱きたいこともあるでしょうよ。でも、たかが女のことでしょう。そんなの、適当にすませたらいいのよ。わたしなんかを、気軽に口説けばいいじゃないの。なにも、あんな人とつき合うことはないでしょ」

マーシャは、けっして嫉妬心や、一時の気まぐれで喋っているのではなく、横浜での幼馴染みとして、本心を口にしているようであった。

その夜、葉介は、築地の宿で加奈子さんを抱いたとき、思わず両目に涙が溢れそうになった。

ほんの五分間たらずの会話で、マーシャが喋ってくれた言葉と、そのときの相手の真剣な顔つきが、脳裡をかすめ、その忠告にもかかわらず、しゃあしゃあと、年上の女を抱いている自分が、浅ましく感じられてならなかったのだ。

一度だけ務めを果たした葉介は、やがて耳許でリターン・マッチのおねだりを囁きはじめた相手のことを、わざと無視して背中を向けた。

翌朝、目を覚ますと、加奈子さんは、先に帰ってしまっていた。

4

季節が変わり、葉介は、セント・ジルチ学園に再び通うようになった。夏休みが終わったので、学園にだけは毎日かならず顔を出すようにしていたのだ。

九月の下旬、半袖の開襟《かいきん》シャツだけでは、朝夕の通学の折々に、多少の肌寒さを感じるようになり始めていた頃のことだが、土曜日の夕暮れどきに、珍しく池田さんから電話がかかってきた。

加奈子さんから、夏休みの最中に、強硬な申し出があって、葉介は、彼女の専属《オンリー》ということになってしまい、池田さんも、ほかの仕事を持ち込んでこなかったのだが、その夜の電話は、緊急の要件らしく、受話器から聞こえてくる声が、勢いこんでいた。

「なあ、ジョージ。突然でわるいけど、ピンチ・ヒッターを頼まれてくれよ。どうせ今夜は、暇なんだろう」

「ええ」

「そうだろうな。加奈子さんは、東京で、次の男に目をつけたらしいからな。今度の相手は、ボクサーだとよ、もっとも、三回戦ボーイらしいけどな」

「へえ、そうですか」

葉介は、別に驚きもしなかった。セックスに関しては、あくまで貪欲《どんよく》な加奈子さんなら、ちっとも不思議な話ではない。麹町のエスカイヤーに出かけたあと、葉介が二度目のお務めを邪険に断わった瞬間から、次の獲物を漁《あさ》ることにしたのにちがいない。

「おい、ジョージ。そんなことよりもな、すぐこっちへ出て来てくれないか」

「はあ、いいですよ」

「お前さんには手に余る相手だけどな、俺が一緒につき合うから心配はいらないよ。だけど、いいか、けっして楽な仕事じゃないぞォ。外人部隊は、キツイからなあ」

その頃、葉介としては、ジゴロ稼業からは、もう足を洗いたい心境であったけれど、池田さんからの頼みであれば、断わり切れなかった。

その夜の対戦相手は、マーサとリンダと名乗る三十代半《なか》ばの軍属らしい白人女性だったが、その二人は、好対照をなしていた。

背丈は、マーサもリンダも、一メートル七十センチ近くあるのだが、双方が似ている点は、それだけであった。

黒い髪をしたマーサのほうは、痩せ細っており、膚《はだ》もかさかさに乾いて潤《うるお》いがまったくない感じで、猛禽類《もうきんるい》のように鋭い顔つきをしていた。

一方、リンダは、胸元や腰まわりだけでなく、全身にくまなく、マーサの倍近く肉がついており、顔はベビーフェイスで、しかも雀斑《そばかす》だらけの赤毛女であった。

マーサとリンダは、どうやらGHQのかなりの大物の秘書らしく、池田さんの所属する組は、この二人を丁重にもてなすことを、東京の同業者の筋から、特別に頼まれているようであった。

戦後成金の有閑マダム相手の仕事などよりも、一段と慎重に手筈が整えられていて、ホテル一つにしても、裏通りの安宿ではなく、山下町に新しくオープンしたホテルの最上級の続き部屋《スイート》が、すでに予約されていた。

このような特別な接待のために、組では、白人女性をもっぱら専門に相手にするイタリア系の混血児を、高給でおさえているのだが、そのハーフが、つまらない出入りに巻き込まれて、横須賀の連中に袋だたきにあいダウンしたとかで、代打の人選に往生していたらしい。

そこで、組内では女性問題の最高権威者である池田さんが、やむなく自《みずか》ら打席に立つことになったのだが、さすがに一人では心細いと、パートナーとして、葉介を呼び寄せたようであった。

二人の女性のうち、黒い髪のマーサのほうは、一度だけ組の混血児と経験したことがあるらしく、部屋に現われた二人の男性が、初対面の顔触れであるとわかると、早くもふくれっ面《つら》となった。

たとえ、英語が喋れなくても、女性の心理を読み取ることにかけては、天下一品の才能を持つ池田さんが、すかさず攻撃の手筈を取りきめて、しかも、そのとおりに決行した。

素早く背広を脱ぎすてて、異国の女性たちの前で、自慢の巨根をおっ立てると、身ぶり手まねで、相手チームをせき立てて、たちまちダブルベッドの上で、二人を生まれたままの姿にさせてしまったのだ。

それから始まった日米対抗のタッグマッチは、なんとも凄まじい戦いであったが、大柄な白人女性を相手に、小男の池田さんが、縦横無尽の働きをして、一回戦は、ほとんど一人で料理をしてくれた。

「おいジョージよォ、こっちの女は、よっぽど好きものらしいや、まだまだやりたがってるよ。それでな、俺は、これからじっくりこいつの相手をするから、お前は、そっちを頼むぜ」

と、池田さんが、マーサと奥の部屋に消えたあと、葉介の役目は、リンダのお守《も》りをすることに絞《しぼ》られた。

豊満というよりも肥満に近い赤毛の女は、突然の激しい動きに軀がとまどっているのか、さかんに肩で息をしていたので、葉介は、まず、丁寧にマッサージをしてやった。

全身の汗をタオルで拭《ふ》きとってから、両肩や背中、それに逞しい腰まわりなどを、丹念に揉《も》みほぐして、浴衣を着せかけてやるなどサービスにこれ努めたのだが、その間も、リンダは、葉介のことをキッド、キッドと呼びすてて、あれこれと、雑用を言いつけまくった。

やれ、足の爪を切れだの、喉が渇《かわ》いただの、奥の部屋に声をかけてこいだの、ベッドの上から次から次へと指図するのだ。

どうやら池田さんは、まだ奮戦を続けているらしく、奥の部屋からは、もろに猥《みだ》らな気配が伝わってきた。その獣《けもの》の唸りに似た呻《うめ》き声が、軀に似合わず小心らしいリンダの神経を、苛立《いらだ》てているようであった。

自分をパートナーに選んでくれた池田さんの期待に応えるために、葉介は、自分なりの正攻法をとることにした。

素っ裸となり、リンダの脇に入りこむと、池田さんのとった荒々しい攻め方とは逆に、やさしくゆっくりと相手の軀に接していったのだ。

リンダは、最初のうち、逡巡《しゅんじゅん》していたが、やがて静かに葉介と調子を合わせはじめた。

葉介は、ただひたすら相手の肉体の動きに注意をこらした。そしてたとえ微《かす》かなものでも、女体からの反応をキャッチすると、再びその体位に戻って、同じ角度からなぞってみた。

しだいに相手の軀が熱くなり、腋臭《わきが》の匂いが強烈に漂いはじめ、吐息が腹の底から出てくるようになった。

それでも葉介は、ペースを乱さなかった。

タオルで相手の軀の汗を拭《ぬぐ》ったあと、また最初に戻って、同じ動作を繰り返した。

そのうち、相手の花芯からは別の反応があり、それは、さらに新しくて、しかも激しい反応を誘発していった。その結果、葉介は、やっとのことで、リンダの軀の構造と独特な癖をつかむことが出来た。

自分にとっては窮屈《きゅうくつ》な体位であったけれども、肥《ふと》った相手が少しでも楽になるように、肘や脇腹に力を入れて、葉介は、リンダを、悦楽の奥深くへと誘導していった。

池田さんとマーサとのセックスと異なり、こちらは、物静かな結合であったが、小一時間かけて、やっと二人して果てることが出来た。

赤毛の大女は、葉介の頬にキスをしてくれて、そのあと、片手を額にあてて、おとなしくなった。

けれども、ものの十五分もすると、再び、キッドを連発してきたので、葉介は、

「ぼくは、ジャッキー・クーガンではないよ」

と、ベッドのなかで、天井を眺めながら、つぶやいてみた。

そのときから、リンダの態度が変わった。

ジャッキー・クーガンとは、チャップリンの映画「キッド」で大活躍した名子役の名前である。知っている人は、知っているだろう。

ところが、赤毛のリンダは、その知っている部類に入るばかりか、大の映画狂だったらしい。

たちまち、眼を輝かせて、葉介の顔をのぞきこんできた。

そこで、葉介は、サイドテーブルから、メモ用紙とボールペンを取り上げて、白い紙の上に、THE GOLD RUSHと書き、さらに、皮靴とナイフとフォークの絵を描くと、それだけで、リンダは、だぶついた腹の肉をよじらせて笑い出した。たったそれだけの文字と、稚拙《ちせつ》なスケッチで、彼女の頭のなかには、あの名場面が浮かんでくれたらしかった。

名作「黄金狂時代」で、あまりの空腹に耐えかねたチャップリンが、自分のドタ靴を調理して、皿の上にのせて食べるシーンである。

両手にナイフとフォークを持ち、靴紐を、フォークでくるくるとスパゲティのように巻いて口にするシーンや、靴底の釘を、まるで魚の小骨をとるように抜きとるシーンなどを、ベッドの上に座りこんで、二人して、ジェスチャーで再演することになった。

やがて、リンダが、次の出題を促したので、葉介は、CITY LIGHTSと書いて、つたない喉で、同じチャップリンの「街の灯」のテーマソングをハミングしてみた。

リンダは、たちまち肯《うなず》いて、葉介よりも数段と美しい声と、そして、はるかに正確な音程で、その曲を唄ってくれた。

見かけによらない美声に感心した葉介は、アンコールすることにした。

紙の上に、CASABLANCAと書き、次に、AS TIME GOES BYと続けたのだ。

映画「カサブランカ」のなかで、黒人のピアノ弾きサムが唄う主題歌である。

リンダは、不思議そうに、葉介の顔を見つめると、

「どうして、あなたは、そんなことまで、知っているの」

と、問いかけてきた。

すっかり調子にのった葉介は、シナリオを丸暗記している映画のなかから、「荒野の決闘」を選んで、酔っぱらったシェークスピア役者の台詞《せりふ》を暗誦してみせた。すると、リンダは、異常に昂奮して、拍手までしてくれたので、葉介は、お返しに、その映画のラストシーンの保安官の台詞をもじって、切なそうに、

「わたしは、リンダという名前が大好きです」

と言うと、相手は、唇に、心のこもったやさしい接吻をしてくれた。

それから、二人で、部屋に用意してあったビールを飲みながら、荒野の決闘の主題歌となったアメリカ民謡「マイ・ダーリン・クレメンタイン」を合唱することになった。

それやこれやで、いたく葉介のことをお気に召したリンダは、リターン・マッチの催促をすることもなく、遅くまで話しかけてきて、夜明け近くになると、ぜひアメリ

カに来ないかとまで言い出したのであった。

翌日の十時過ぎ、四人でルーム・サービスの朝食をとったとき、マーサは、すっかり堪能《たんのう》したのか、目に媚《こび》をうかべて、池田さんに寄りかかっていたし、リンダのほうは、寝不足にもかかわらず、時折、小娘のように清々《すがすが》しい表情をみせていた。

女性チームを送り出したあと、噂にたがわぬ池田さんの凄腕ぶりを思い出して、葉介が、ひとしきり感心していると、当の巨根の持主が、奥の部屋から、顔をのぞかせて、声をかけてきた。

「おい、ジョージ。あのデブさんと何を話し合っていたんだい、遅くまで。おまけに歌まで唄っていたじゃあないか」

「いやあ、映画の話をして、それから、あの人が、ぜひ、向こうに来ないかって言ってたんですよ」

「ふうん」

「なんなら住みついてもいいと言ってましたよ、オクラホマのほうらしいですけどね」

「お前さんは、気安く言うが、日本人の野郎《やろう》で、初対面のアメリカ女に、そこまで思い込ませる奴は少ないぜ」

心もち窶《やつ》れた膚《はだ》をした池田さんは、しきりに首をかしげ、なにやら考えこんでいた。

葉介が、チェック・アウトの準備をしていると、身支度を終えた池田さんが、再び声をかけてきた。

「おい、ジョージ。お前さん、役者になるつもりはないか？」

目を細めたまま、いつになく生真面目《きまじめ》な表情を浮かべながら、ゆっくりと喋った。

最初、葉介は、悪い冗談だと思った。

次の瞬間には、浜村が、ユミリュスのことをからめて、よけいな告げ口をしたのかと思ってもみたが、池田さんの面《つら》つきは、真剣そのものだった。それに、日頃から、くだらない冗談を言う人ではない。

「とても、そんな柄じゃないですよ」

軽くかわしたつもりであったが、池田さんは、厳しい表情を崩さなかった。

「いやあ、俺も、こんなことを言いだすつもりはなかったんだが、昨夜の様子を見て、考えが変わったよ。……お前さんが、あんなふうに毛唐の女をあやつれるとは思わなかった。それに、英語だってうまいじゃないか、大したもんだよ、見直したぜ」

ホテルの五階にあるスカイ・テラスで、それから三十分にわたり、池田さんは、役者の仕事の話をしてくれた。

なんでも、池田さんが、まだ駆け出しの小僧だった頃、東京の下町の組織に修業がてら草鞋《わらじ》を脱いでいたときの知り合いで、互いに気が合うものだから、それ以来、折にふれて旧交をあたためている四十男がいて、その人物が、今では、足を洗って堅気になって、映画会社の製作者《プロデューサー》になっているという。

先日来、その人から、日米合作映画に出演する少年を探してくれと、頼まれているそうだ。

「映画界の子役には、なかなか良いのがいないとぼやいてたけど、あいつの言っていたことからすると、お前さんなら、ぴったりかもしれん。おい、しばらく軀をあけておけよ」

ということになり、二日後、葉介は、元町の喜久屋の二階で、その製作者に会うことになった。

しかも、その結果、葉介のことを一目で気に入ってくれた相手は、すっかり乗り気になってきたのだ。

かたわらに付き添ってくれた池田さんに相談すると、

「お前さんは、まだ若いんだぜ。なんでも、やってみろよ。そのために、俺が、お膳立てしたんじゃないか」

話はどんどん進行していった。

5

日米合作映画の日本側の製作者は、翌日、茅ケ崎の東海岸の家まで、わざわざ訪ねてきた。

当時、葉介の母親は、香水の仕事で、日本でも有数の調香師《パフューマー》になっており、海外にまで出張するようになっていた。

なかなか渡航許可がとれない時代なのに、縁故をたよって、どこかの会社の嘱託ということにしては、遠くヨーロッパにまで出かけて行くのだが、その日は、たまたま茅ケ崎にいた。

まず母親が応対に出て、学校さえずっと続けるのなら、あとは本人の意志次第だと答えると、すかさず製作者は、身を乗り出してきた。

「そりゃあもう構いませんよ。だって、ほかの子もほとんど学生ですからね。ただ、オーディションだけは、一応受けていただかないと……。なんせ日本側の監督がうるさい人ですからねえ」

その監督なら、葉介にも、充分に予備知識があった。

作品は、知り過ぎているくらいだ。

思想的には、多分に左がかっているけれども、その画面からは、まずリリシズムの香気が漂ってくる。

日本の映画監督のなかでは、誰よりも映像を大切にする人だし、カメラ・アングルなんかも凄い。いつも新しい実験をしていて、まるで若者みたいな情熱の持主だなと、つねづね葉介は思っていた。

今度の作品では、どうしても日本人の少年が重要な副主人公になるので、その子役ならびに友人役数名を、日本中から公募で集めている最中だということで、葉介は、第三次審査から参加すればよいというのが、その日、持ち込まれた話であった。

そのとき以来、葉介の顔つきが変わった。

多分に泥縄式ではあったけれども、伝《つて》を求めて、本牧の米軍ハウスに住むライアンというアメリカ人の夫婦に、米会話の特訓を受けたりもした。

二週間後、審査会場に集まっている葉介と同年輩の応募者たちは、見るからにこまっしゃくれた少年ばかりだった。

審査は、まず短い文章を朗読することから始められた。それも和文と英文の両方である。事前に分厚い印刷物を手渡されて、各自、指定された箇所を読み上げるのだ。

棒読みの子、変に深刻ぶる子、この場におよんでも、まだ照れくさそうにやる子と、さまざまであった。

そして、やがて、葉介の順番となった。

審査員の先生方に一礼してから、深く息を吸いこんで、指定されたページをじっと見つめた。そのうち、活字が、こういうふうな音声になってほしいと話しかけてきた。それを、一瞬のうちに摑《つか》みとって、読みはじめた。

冒頭は、ややぶっきらぼうに、そして段々と抑揚《よくよう》をつけ、感情をこめていった。

審査員が誰一人としてストップをかけないので、次のページまでやらされることになった。

葉介がもっとも時間がかかったようだが、終わると、先生方は、いっせいに顔を寄せ合ってひそひそ話をしていた。

次のテストでは、海水パンツ一枚で、先生方の前に立ち、矢継《やつ》ぎ早《ばや》に質問をされた。

その日最後の審査では、本番同様、相手役つきでの芝居をやらされることになった。

主人公が外国から帰ってきて、半年ぶりに母親と再会する場面という設定である。

この段階で、テストを受ける人数は、三分の一に減っていた。

葉介は、元気一杯、無邪気そうに演技をした。やり終えると、すぐに、審査員の先生方の一人から質問が飛び出してきた。

「君は、子供の頃、どこに所属していたの、ひまわりかい？」

ひまわりとは、東京の児童劇団の名前である。

「いいえ、どこにも入っていませんでした」

葉介は、そっけなく答えた。

二日おいて、午前中は、大学病院で、身体検査があり、レントゲンまで撮影され、午後からは、多摩川沿いの撮影所で、遅くまでカメラテストが行なわれた。

さらに五日後、東京赤坂の山王ホテルの一室で、最終審査が行なわれることになった。

その前日、葉介は、ふたりの大人から、激励された。

「人間はね、自分の好きなことをやって暮らしていけるのが、いちばん仕合せなのよ。頑張っておいで」

これは、母親である。

一方、池田さんは、妙なことを口走った。

「ジョージ。お前さんはな、すいぶんと変わった顔つきをしているんだよ。それを活《い》かさない手はないじゃないか。男は、自分の持って生まれてきたもので、世渡りをしていくと言うぜ」

八坂葉介は、当日、赤坂の山王ホテルのコンファレンス・ルームに、心もち肩をいからせて入っていった。

案内された控え室に入ると、その時点で残っている応募者は、葉介も含めて六名だけであったが、そのうちの四人には、母親が付き添っていた。

葉介ともう一人、付き添いなしで来ている少年がいたが、とても優男《やさおとこ》だった。色白で、眉毛が濃く、しかも、涼しげな目元をしていて、頬のあたりも引き締まっていた。つまり、顔の造作がすべて整っていて、見るからに秀才といった風貌で、葉介としては珍しく弱気になったりした。

やがて二名ずつ、奥の部屋に呼ばれはじめた。五、六分すると、次の二名と交替して、葉介と優男は、最後まで残されることになった。

二番目の組は、なかなか戻ってこない。待ちくたびれた母親がふたりして、そわそわと落ち着かない素振りを繰り返し、葉介には目障りだったが、優男のほうは、平然としていた。

やがて、奥の部屋のドアがあき、とうとう葉介らの順番となった。

通された大部屋には、外国人も含めて五人の大人たちが、いずれも眼光鋭く待ち受けていた。

そのなかの一人が、葉介も容貌だけは映画雑誌などで見知っている大監督だった。

すでに顔馴染みの日本側の製作者が、残りの三人を、チーフ・カメラマンと宣伝担当重役、それにアメリカ側のプロデューサーだと紹介してくれた。

「それでは、橋本君からやりましょうか」

まず、優男が呼ばれた。

ドアのそばの椅子に坐って待たされることになった葉介は、六人のやりとりに、じっと耳をかたむけた。

優男は、暁星中学を卒業し、現在、麻布高校に在学中で、親戚には新劇の役者がいるらしい。

もっとも、こんなことは、すべて、例の製作者が、監督たちにベラベラと説明していることからわかるまでで、当の優男は、ほとんど喋っていない。

しばらくして、監督自ら質問を開始した。

その内容は、過去の経歴には、まったく触れずに、好きな本やスポーツ、音楽のことばかりだった。

片隅の葉介は、自分が質問されたかのように、胸が高鳴りはじめた。

〈こんな質問には、なんて返事をしたらいいんだろう。森鷗外にしようか、それとも坂口安吾と答えたら、あの監督の気に入るのかなあ。まさか、本気で、谷譲次や海野十三と答えるわけにはいかないだろうなあ〉

すっかり昂奮しきっている葉介とはちがって、優男は、志賀直哉にドーデー、スケートにモーツァルトなんて、まるで優等生の返事をしている。

かたや子供の頃からほとんど一人暮らしで、大人とはおろか子供同士でも、まともに長時間喋ったことのない葉介は、しだいに息苦しくなってきた。

それまで葉介は、たまに他人と話をしても、自分の好きなことか、そうでなければ、わざと相手が乗ってきそうな話題を選んでばかりいた。しかし、今度だけは、どうでも相手の気に入られなければならない。

〈ぼくは、不良少年です。でも、映画には目がないんです。この仕事をやらせてもらえたら、なんとか一人前になれるみたいです。どうかおそばに置いてください〉

早くも心が高ぶって、気が遠くなりそうになっていると、

「はい、次は、八坂君」

とたんに監督の顔が、ずしんとのしかかってきて、その両眼が、葉介の内面まで見《み》透《す》かすように光っていた。

「ねえ、君は、どんな映画が好きだい？」

案に相違して、柔和な笑顔で問いかけられて、葉介は、調子が狂ってしまった。

〈あれっ、初《しょ》っ端《ぱな》から、こんなことを聞かれたよ。さあ、なんて答えよう。正直に、「荒野の決闘」や、「黄金」なんて言ったら、馬鹿にされるに決まっているよ。どうしよう。なんて返事をしたらいいんだろう〉

やっとの思いで、葉介が、

「はいっ、あのう、『海の牙』です。フランス映画の……」

と、答えると、

「ふうん、そう。むつかしいものが、好きなんだねえ。それで、お父さんは、軍人で、戦死されたことになっているけど、どこで亡くなられたの」

葉介が提出した履歴書などの書類をめくりながら、監督が、再度、声をかけてきたが、この質問なら、物心がついてから、それまで周囲の大人たちに何度かされたことがあった。

そのたびに、葉介は、いいかげんにお茶をにごしてきたが、今回ばかりは、そうはいかない。


まだ大学生の頃テニスを通して知り合った葉介の父親と母親は、やがて相手を一生の伴侶《はんりょ》と定めて、結婚をした。

葉介が生まれて、しばらくしてから、日中事変が始まり、父親は、時流にもまれて広島の第四師団の軍医として配属された。

広島での新居は幟町《のぼりちょう》の泉邸のそばに定めたのだが、一九四五年の春、母親が次子を身ごもったので、縁故をたよって、三原へと疎開した。

八月六日の朝、丘の上にあった中学校の校庭で、朝礼のときに、葉介は、遠く広島の空で、なにかが光るのを見た。しばらく間をおいてから、ドォンという音が、地鳴りのように聞こえてきた。

その日、たまたま休暇で三原にいた父親は、新型爆弾投下の報に、すぐさま車を乗りついで広島に赴《おもむ》いた。

爆心地にほど近くフクヤという百貨店の残骸に、重傷者を収容して、不眠不休で手当てにあたった。

初めて体験する物凄い症状に、患者はおろか、衛生兵まで、完全に委縮《いしゅく》していた。そんなとき、剣道五段だった父親は、腰の軍刀を抜きはなって、その場にいる全員の士気を鼓舞した。

二日間、徹夜で看病にあたり、体力がどうしても続かなくなった三日目の朝、当番兵をつれて、百貨店の残骸の六階から五階へと降りていく途中、爆風であけられていた空洞から足をすべらせ、そのまま地上に転落して、即死した。

戦死扱いとなり、一階級特進して陸軍軍医大尉となったのは、敗戦の数日前のことである。

「もし、あのとき、事故で死ななくても、きっと後遺症で駄目だったわね。それを思えば、いっそすぐ楽になってもらったほうが良かったのかもしれない……」

お腹にいた次子が死産するという悲劇も重なって、母親が我と我が身を納得させるこんな科白《せりふ》が言えるようになるまでには、かなりの年月を要したのであった。

6

父親の戦死に関する詳細を、それまで、葉介は、他人に打ち明けたことがなかった。けれどもその日ばかりは、これからお世話になるはずの監督相手に、どうでも、きちんと話さなければならない。

どこから話を切り出そうかと小首をかしげながらも、葉介は、上目使いに、監督の表情をうかがい、不敵にも、その人となりを摑もうとした。頭の片隅では、どうすれば、この監督に気に入ってもらえるかなどと必死で考えていたのだ。

面接をそつなくすませて颯爽《さっそう》と部屋を出ていった優男と比較してみると、葉介は、自分がなんの取り柄《え》もない貧弱な存在に思えてならなかった。不良少年であることやジゴロ稼業のことなど自慢にはならないからだ。

三十秒たらずのあいだに、さまざまな考えが交錯して、葉介の胸は、再び高鳴ってきた。

気を静めるために、椅子に坐り直した葉介の頭に、そのとき、衝動的に、一つの妄念が湧きおこった。

〈ねえ、原爆哀歌《ピカドン・エレジー》を披露するのかい。……よしなよ、男の子なら、もっと勇壮に自分を売り込んだらどうなの。めったにないチャンスじゃないか〉

気持ちが混乱して、とまどっている葉介の脳裡に、今度は、奇妙な幻覚が忍びこんできた。

先ほど、とっさに口にした「海の牙」の舞台となった潜水艦《Uボート》である。

映画という唯一の幼馴染みが、はるばる応援に駆けつけてくれたのかと思ったが、そうではなかった。まるで葉介の妄念を嗾《けしか》けるために登場したかのような気配であった。

必死で気を取り直そうとしている葉介の頭のなかには、いつしか、その潜水艦が碇泊してしまい、やがて、狭い艦上で軍楽隊が小太鼓を叩く場面などがちらつき始めた。

目の前では、大監督が、葉介の返事を待ち受けている。

とうとう葉介は、仮装することにした。

映画の世界に足を踏み入れたいと切望していた彼は、目前に迫った関門を突破するために、プロの審査員を相手に、本来の自分を曝《さら》け出し自然のままに振舞うことをやめて、父親の戦死の状況も含めて、いっさいを虚構でかためることにしたのである。

次の瞬間、やっと喋り出した葉介の口調には、まるで抑揚がなかった。

衝動が、理性に、勝ったのだ。

上ずった葉介の声は、同じトーンのままつづき、監督に向かって話しているにもかかわらず、その場にはいない人物に話しかけているようであった。

「ハイッ、父は、大本営の参謀将校でしたが、戦時中は、ベルリンに赴任していました。あのう、駐在武官の肩書で。……戦争末期、特命をうけて、ドイツから秘密兵器の書類を持って、潜水艦で日本に戻る途中、インド洋で戦死しました。……その秘密の設計図が間に合えば、戦局は、大幅に変わったかもしれないって聞いています……」

葉介の話に耳をかたむけながら、しだいに、憎々しげな表情を浮かべた大監督は、やがて、そっぽを向いてしまい、話を最後まで聞こうとはせずに、席を立ってしまった。

日本側の製作者が慌ててあとを追って、執《と》りなしているようであったが、結局、大監督は、二度と葉介の前には現われなかった。

こうして主役の座は遠のいて、監督にすっかり毛嫌いされた葉介のところには、取り巻きの不良少年の役さえ回ってこなかった。

「馬鹿だなあ、君は。正直に、お父さんのことを、ありのままに話していれば、監督の気に入られたのに。……本社のほうでは、日本側の主役は君に内定していたんだよ。どうして、あんなことを言ったんだい、まったく馬鹿馬鹿しいよ、秘密兵器だなんて。……ねえ、君、わかっているのかい。男の子だって、光り輝いている時期は、そんなに長く続かないんだよ」

製作者に半時間ばかりお説教されたが、あとの祭りであった。

その夜、母親は、葉介の挫折を、いとも簡単に受けとめた。

「あら、そう。でも、いいじゃない。映画だけが、人生のすべてじゃないんだから」

そうは言われても、長いあいだ、憧れた映画の世界であっただけに、夢が破れた葉介としては痛恨の至りで、時間が経過するにつれて、臍《ほぞ》を噛む思いが強くなっていったが、とどのつまりは、自分が口にした法螺話《ほらばなし》から生じた結末だけに、潔《いさぎよ》く受け入れることにした。

大監督相手に、小癪《こしゃく》にも、相手をあまくみて、バラの俳句の故事にならって、潜水艦の話でもしたほうが気に入られるかと、一瞬のうちに判断してしまったことが、裏目に出たのだから仕方がない。

翌日、葉介は、ノッポの若松が餞別がわりにくれた角兵衛獅子を手放した。

元町で、ＧＩ相手の土産物店を開いている元バンドマンに、その根付けを、前々からぜひとも譲ってくれとせがまれていたのだが、五枚の千円札と引換えに売り渡したのだ。

女のために使うのだから、若松も勘弁してくれるだろうと、手前勝手な理屈をつけた葉介は、その足で、東京の新橋に向かった。

フロリダで働いている赤羽マーシャに声をかけて、愚痴の一つでもこぼしてから、ベッドのなかで慰めてもらおうとしたのだが、彼女は、そのダンスホールをとうにやめてしまっていた。

群馬県の高崎にある大病院の院長に強引に口説かれて、マーシャだけでなく母親の面倒もみてもらうことを条件に、若い身空で後添いとして嫁《とつ》いでいったらしい。

数日後、葉介の不首尾《ふしゅび》を耳にした池田さんは、こともなげに、

「そうか、どじをふんだのかい」

少しばかり憐《あわ》れんでくれたあと、新しい女を紹介しようかと言ってくれたが、葉介は、初めて、池田さんの申し出を断わった。

ちょうど、加奈子さんからの連絡も跡絶《とだ》えていたし、ジゴロ稼業は、もう願い下げにして、なにか、もっと荒々しいことにぶつかりたかったのだ。

池田さんは、一瞬、怪訝《けげん》そうな表情を浮かべたが、別に、理由を問いただしたりはしなかった。

その年も終わりに近づいたある日、葉介にとって硬派としての初陣《ういじん》の機会がやってきた。

といっても池田さんの所属している組内の揉めごとで、事件を起こした片割れの意向を聞きに赴くだけだった。

それでも池田さんは、金槌までは用意しないけれど、腹巻きを締め直したりしていた。

葉介も教えられたとおりに、上半身素っ裸となり、ついでにズボンを脱いで下穿《したば》き一つになってから、雑誌を二冊、バケツのなかの水に浸《ひた》した。粗悪な紙が、海綿のように水を吸っていく。やおら引っ張り出すと、何度も振って水をきり、下腹にあてて、その上から真新しい木綿の晒《さら》しを巻いた。とてもきりりっと格好よくというわけにはいかないが、雑誌がずり落ちないように気を配りながら、丹念に幾重にも胴に巻きつけていった。

けれども、せっかくのデビューも、探し求める相手が不在で拍子抜けとなり、そのまま手ぶらで曙町の事務所に戻ることになった。

池田さんたちは、他所《よそ》をあたってみようかと再び出かけて行ったが、葉介は、すっかりお腹が冷えてしまって具合が悪い。一人、留守番役となり、手洗いでしゃがんでいると、しばらくして、表で、物凄い物音がした。

探されている一派が、殴り込みをかけられたものと勘違いして、窓越しに散弾銃を射ちこんだのだ。

腹をさすりながら、事務所に出てみると、さっきまで葉介が坐っていた椅子の上のほうにある棚《たな》から、招き猫が、バラバラになって、こぼれ落ちていた。

この一連の出来ごとは、なんせ内輪の争いごとだし、それに多少の誤解もあったこともあり、関係者から一人の怪我人も出さずに、まもなく収まったのだが、肝心の池田さんは、それから半月後に死んでしまった。それも全身十数ヵ所刺されたあげく、はかなくなってしまったのだ。

その夜、池田さんが、どうして黄金《こがね》町に行ったのか、誰にもわからなかった。すべては、こともあろうに池田さんが、屋台のおでん屋にいたパン助をからかったことから始まって、周囲にいたヒモ連中との立ち廻りになっていったのだ。

素手の池田さんは、刃物を持った三人の男たちと徹底的にやり合ったようだった。

折よくチンピラたちと一緒に元町に居合わせた葉介は、バンドのラッパ吹きからの知らせを受けて、馬車道の救急病院に駆けつけた。

手術台の上に仰むけに寝かされた池田さんの腹や太腿の傷口には、ハサミやピンセットのようなものが、大量にまとわりついていた。

「おう、ジョージ、来たか」

と、気だけは確かなようだ。

両手両足を、看護婦が四人がかりで押えつけていたが、ときどき、

「おい、はなしてくれよ。腹がくすぐったいんだよォ」

と、猛烈な力で、看護婦たちをはねのけて、腹の上のものを払い落としたりした。

やがて落ち着きを取り戻した葉介は、見るに見かねて、池田さんの頭のそばに立ち、その右手をしっかりと押えつけた。

最後まで戦いぬいたらしく、池田さんの右手の拳は裂けて、敵の血がこびりついていた。

腹や背中が刺し傷だらけで、葉介の目で診断してかなりの重傷と思える額《ひたい》の裂傷などは、いちばんの軽傷らしい。

次々にやって来る組の者たちが、交互に、

「おい、ポンちゃん、誰にやられたんだ？」

と問いただしても、池田さんは、ヘラヘラ笑って、

「なあ、煙草をくれや。口が淋しいよ」

と答えるだけだった。

季節柄、厚手の肌着の上に白衣をはおった若い医者が、

「内出血もしているようですから、腹を切開してみますか」

と、無傷のあたりにメスを入れた頃から、膚《はだ》が土気色になった池田さんは、それから三十分あまりで息を引きとった。

臨終のころは、あまり暴れもせずに、やたらおとなしかったが、頭の上の葉介のほうに視線を向けて、

「おい、ジョージ。お前さんは、やっぱり学校に帰れよ」

と話しかけたり、意識だけはしっかりしていて、とうとう弱音をはかなかった。

幼稚園に通っている娘の顔が見たいとも、女房を呼べとも言わずに、そのままあの世とやらに旅立っていってしまった。

ささやかに行なわれた葬式の夜、池田さんの奥さんは、

「あの日、家《うち》の人に腹巻きをさせなかったばっかりに……」

と、そればかり言っていた。

そして同じ夜、池田さんに可愛がられていたバンド・マスターと組の若衆頭《かしら》が、ポン引き連中の留置されている所に入りこみ、隠し持っていた火箸で相手に重傷をおわせ、刑務所に送られたことを、葉介は、人づてに聞いた。

身近で知人が死ぬことは重なるもので、一ヵ月後、池田さんの遺言どおりにセント・ジルチ学園に復帰していた葉介が十八歳を迎える直前、大学入試でも受けようかという頃、彼にとっては知人どころか、唯一の肉親である母親が、事故で亡くなった。

戦死した父親のかわりに、香水を調香するという妙な仕事で身を立てて、その時代には珍しく世界中を飛びまわっていた女性だったのに、東京麻布の暗闇坂《くらやみざか》で、黄昏《たそがれ》どき、車にはねられ即死したのだ。

目撃者はなく、加害者も結局判明せず、これではたとえ金槌や火箸を使ってでも、相手に復讐のしようがない。一度は極道に志願した若者にとっては口惜しいかぎりだった。

余談になるが、その後、加奈子さんには逢っていない。しかし、タキシードはちゃんと届いており、どうやらそれが手切金がわりのようであった。

a love letter fo

第三章

山《やま》手《て》鷺《さぎ》山《やま》ブルース

Li Lar

1

横浜の元町《もとまち》のはずれにトンネルがある。背後には、小高い丘陵地帯がつづいているが、そのこんもりとした丘が、古くから鷺山と呼ばれていたことを、一年以上もそこで暮らしながら、八坂葉介は知らなかった。

今から、十数年前に亡くなられた平塚武二という人の書物で、葉介は、初めて、「ヨコハマのサギ山」という呼び名を目にしたのだ。

平塚さんは、一九〇四年に生まれ、一九七〇年代の初頭にこの世を去るまで、生涯のほとんどを横浜ですごされた童話作家だが、その生前、ふとしたご縁で、一度だけ、お目にかかったことがある。

几帳面《きちょうめん》な仕種《しぐさ》に伝法《でんぽう》な口調のまざりあった、見るからに世を拗《す》ねているという感じの人物だったが、元町のトンネルを掘り、本牧まで市電の線路を敷設《ふせつ》させたのは、平塚さんのお父さんだそうだ。

お逢いしたのは、わずか数時間だったが、平塚さんは、いろいろなことを教えてくれた。南京町《なんきんまち》と呼ばれた頃の中華街で栄えた聘珍楼《へいちんろう》のことやトンガリヤソの由来にはじまり、末吉町、本牧界隈《かいわい》の昔話、さらに鷺山のことにまで話は及んだ。

平塚さんの語るヨコハマは昔のことばかりであった。

一方、八坂葉介が鷺山に住んでいた頃、現実のヨコハマのことをいろいろと教えこんでくれたのは、ハワイ生まれの日系人のグールドさんである。

ニュー・グランドの五階にある食堂では、舌平目《したびらめ》のムニエル、聘珍楼の元チーフ・コックがやっている中華街の小さな店では、特製のお粥《かゆ》と青菜の炒《いた》めもの、アントニオでは、仔牛のカツレツ、根岸屋では、ポテトフライにビールと、こと食べ物に関しては、限りなく広い守備範囲を誇るグールドさんは、ドクという通称をもつ五十がらみの紳士で、その頃、葉介がハウスボーイとして住みこんでいた家の主人と、古いつき合いの人物であった。

マリリン・モンローがちょっと顔を出していたことで、封切後しばらくたってから評判になったジョン・ヒューストンの「アスファルト・ジャングル」という映画があるが、これに脇役として出演している役者のサム・ジャフェによく似た、小柄で温和な中年男だ。サム・ジャフェのほうは、その映画のなかで教授《プロフェッサー》という綽名の金庫破りに扮していたが、実物のドクは、さらさらそんな感じはなく、ただ一つ異常なことといえば、私服に着替えたときはいつも、ぞろっとした白いレインコートをはおっていたことである。それも並みのレインコートではないのだ。「コルト45」という西部劇で名をあげたランドルフ・スコットが、愛馬にまたがるときにまとった開拓者用雨合羽のようなコートなのであるが、これは長身のウェスタン役者だから似合うのであって、小柄なドクが、そのコートを身につけるとまるで引きずるような感じになってしまうのだ。

そのドクは、横浜に駐留するアメリカ第八軍の軍医であった。

さて、八坂葉介が鷺山で暮らしたのは、一九五一年の春から翌年の秋口までの一年半にわたる期間であった。

一九五一年といえば、NHKが第一回の紅白歌合戦を放送したのが、この年の一月三日であるし、聖徳太子の千円札が発行されたのは、前年の一月のことであった。

一九五一年の四月、マッカーサー元帥が異例の解任をうけてから、その後任となったリッジウェー司令官は、朝鮮の戦場において、ただちに「キラー作戦」を展開したが、これが功を奏してか、国連軍はソウルを再度奪回《だっかい》し、六月になると戦線は、三十八度線の少し北方でほぼ定着することとなった。

戦況が一段落したこの頃から、鷺山周辺には、一部の国連軍将校たちが移り住みはじめた。

若手のアメリカ軍将校たちが主催するダンスパーティなどが、その界隈で、たびたび開催され、地元のミッション・スクールの女生徒やOBたちもかり出されて、ワルツやジルバのリズムが、夜おそくまで、小高い丘の裾野《すその》に鳴り響いた。

その頃、鷺山の中腹に、奇妙な家があった。

一見したところ、なんの変哲《へんてつ》もない和風の平屋《ひらや》である。周囲を竹やぶにかこまれた母屋《おもや》は、三十坪たらずだが、建物の正面には玉砂利をしきつめた車寄せが、二十坪近くもある。ただそれだけなら、さして奇異の観を人に与えないのだが、ふつうの家屋敷と異なることといえば、深夜ともなると、その屋敷の車寄せはおろかあたりの路上まで、さまざまな外車が集まってくることであった。

ダッジやスチュードベーカー、プリムス、オールズモビル、それにビュイックやウィリスのジープとすべてアメ車《しゃ》であり、ものによっては、半年近くも放置されっぱなしで、すっかり雨ざらしとなっている車もある。

鷺山一帯を管轄《かんかつ》としていた地元の警察署で、その家のことは、誰一人知らぬ者はなく、住人はよほどの大物だろうと噂されていたが、いつもさまざまなアメリカ人が出入りしているために、どれが主人やら、日本人の警官には見当がつけにくいほどであった。

ポール・マキウチというのが、その家の主人の姓名である。

サンフランシスコ生まれの日系二世で、その家に住みついて、半年になる。それまでは、アメリカ陸軍で諜報《ちょうほう》部や補給部の将校をやっていて、朝鮮動乱に従軍していたのだが、前年、興南《こうなん》の大撤退作戦での功績を認められて、その春、大尉に昇進していた。

無口な男で、四十歳近いのに結婚歴は一度もない。大酒呑みだが、傍目《はため》には、なかなかそうとはわからない。それにめったに人前ではグラスを手にしない習慣を身につけてしまっていた。

このポール・マキウチの家に、その年の春先、ハウスボーイとして住みこんだのが、八坂葉介であった。

その頃、ヨコハマで流行しはじめたジルバはハマジルと称されて、世に広まっていったが、この踊りは、なにもハマのキャバレーやダンスホールが発祥の地ではなく、遠く上海《シャンハイ》でバンスキングとうたわれた南里文雄《なんりふみお》とその一派がかの地から持ち帰ったものだと、一部では言われているが、この章の準主役は、そのハマジルではない。

レイバンの格好よさを日本に紹介したダグラス・マッカーサーでもなければ、「悲しき口笛」を大ヒットさせた横浜・磯子《いそご》生まれの美空ひばりでもない。

スタッド・ポーカーというトランプ・ゲームの一種が、本章では、重要な役目を果たすのだ。

日本での競技種目でいえば、屋外では競輪、室内のものでは、手ほんびき、ひいてはサイほんなどが、その奈落《ならく》の果ての奥深さで、世の体験者のあいだで知られている。

北米大陸で、南部を中心に蔓延《まんえん》しているこのスタッド・ポーカーも、奥の深さにかけては、相当なものがあるが、その醍醐《だいご》味《み》や、それとすぐ隣り合わせになっている大敗の恐しさなどといったものは、とうてい筆舌には尽しがたいので、一人の日本人の少年が、このゲームにわずかながらでも係わっていった事実だけを追っていくことにして、まずは、その八坂葉介が、ポール・マキウチの屋敷に現われるあたりのことから、話を進めていきたい。

――ただし、ここで、多少なりとも、このゲームの説明をしておきたい。ポーカーのことなら熟知しているという向きにも、ぜひ、ご一読をおすすめする。なぜなら、以下の説明は、朝鮮動乱当時、横浜に駐留していたGIたちが行なっていたルールに基づくもので、今では幻のルールと化した箇所が相当あり、読み手が、ポーカーの通《つう》であればあるほど、興味深いだろうと思われるからだ。

一口にポーカーといっても、いろいろな種類があります。

参加者全員が、アンティ（ゲームへの参加料。つまり、プレイに先立ち、札《カード》が配《くば》られる前に、場《ば》に出すチップのこと）を出してから、札が配られ、その手札から不要な札を捨てて、捨てた枚数だけの札を新たにもらって手役《ハンド》をつくりあげ、役の高さを競《きそ》うポーカーは、ドロー・ポーカーです。

本章に登場するファイブ・スタッド・ポーカーでは、アンティ（参加料）は不要で、手札も、最初に配られたときのままです。交換はしません。しかも、各人に配られる札は、最初の一枚を除いて、すべて場に曝《さら》されてしまいます。

それでは、運しだいではないかと言われるかもしれませんが、そのかわり、実に多くの手役が存在しています。

ざっと並べてみても、次のとおりです。

ハイカード、ボブテイル・ラン、フォア・フラッシュ、ワンペア、ツーペア、プレイズ、スリー・カード、スキート、スキッパー、ラウンド・コーナー、リトル・ドッグ、ビッグ・ドッグ、ラン（ストレートのこと）、リトル・タイガー、ビッグ・タイガー、フラッシュ、フルハウス、フォア・カード、ストレート・フラッシュ、ロイヤル・ストレート・フラッシュ。

フルハウス同士で勝負になった場合、三枚一組のほうを比較して、高位の数のほうが強いことや、ツーペアとも同位なら、残りの一枚の数の高さで勝負が決することなどは、ドロー・ポーカーと同じですが、手役に関しては、独特のものが、ずいぶんあります。

ちなみに、ビッグ・タイガーといえば、五枚の手札のうち、K《キング》がトップで、8が最低位、しかもペアを含まないもののことです。（例、KJ10 9 8）

逆にリトル・タイガーは、8がトップで、3が最低位、しかもペアのないものです。（例、8 7 6 4 3）

同様に、ビッグ・ドッグは、A《エース》がトップで、9が最低位のペアなし、つまりAQJ10 9などで、リトル・ドッグは、7がトップで、2が最低位のペアなし、7 5 4 3 2などです。

すべての手役のうち、本章に登場するものについてのみ触れておきます。

ラウンド・コーナーは、ラン（ストレート）の一種で、2とAとKを含むもの（例、2AKQJ、32AKQ、432AK）、スキッパーは、一つとびのラン、すなわち、連続した偶数か奇数が五枚そろった役です。（例、Q10 8 6 4、あるいはKJ9 7 5）

なお、朝鮮動乱の最中に横浜に駐留していたGIたちのスタッド・ポーカーでは、ワイルド・カードはほとんど使われなかったようです。
ワイルド・カードとは、ドロー・ポーカーでは、よく使用される札で、通常、ジョーカーや2が使われて、オールマイティを持った札となるのです。
したがって、ドロー・ポーカーでは、ファイブ・カードが成立するわけですが、当時の横浜では、もっぱらスタッド・ポーカーが行なわれていました。

次に、用語の説明です。

ベッティング――ベットをすること、すなわち、チップを出して賭けることです。
ポット――チップを出す場のこと。
オープン――最初のベットをすること。
オープナー――最初のベットをする権利を持っている人のこと。場に曝《さら》された参加者の手札を見て、ディーラーが指名します。
コール――他のプレイヤーのベットと同じ数のチップを場に出して、ゲームに残ること。
ドロップ――悪い手札しか来ないとき、ゲームを棄権すること。フォールドとも言う。
レイズ――自分より先のプレイヤーが行なったベットを増額すること。
レイズ・バック――他のプレイヤーが行なったレイズの上に、さらに増額すること。
チェック――オープナーの権利を、左隣りの人に譲ること。ただし、誰かのベットに対してコールやレイズをする権利は保留できます。
アクティブ・プレイヤー――棄権しないで、勝負に残っている人のこと。
ホール・カード――一枚目に配られる裏向きのカードのこと。
アップ・カード（ボード）――ホール・カードに次いで配られる表向きにした四枚の札のこと。（セブン・カード・スタッドの場合も、一、二枚目と七枚目のカードは伏せて配られるので、アップ・カードの数は、四枚です）
ショウ・ダウン――ベットを繰り返して、最終的に二人以上のアクティブ・プレイヤーが残った場合、それぞれのホール・カードを表向きにして、手役を公開し勝負を決めること。
ブラフ――手のこんだはったりのこと。さほど手札が良くないときでも、高飛車に出たりして、相手を威嚇《いかく》すること。
クルーピエ――カジノの元締めのことだが、転じて、プライベートなゲームでの胴元のこと。

デッキ――カード一組五十二枚を積み上げた山のこと。

シャッフル――プレイに先立ち、デッキをよくまぜること。なお、ディーラーのシャッフルした札が配られる前に、そのデッキをカットするのは、右隣りの人の役目である。また、カットは、ゲームごとに一回だけするもので、二つに分けた双方の札の山が、いずれも五枚以上になるようにカットするのが正式な作法だとされています。

バンカー――チップの管理や計算をする役目の人。プレイヤーが兼任することもあるが、プレイに参加しないクルーピエがバンカー役に専念することもある。プレイヤーは、必要以上にチップが溜まるとバンカーに預け、逆に足りなくなるとバンカーから借りるわけだが、バンカーの存在によって、チップの受け渡し、ひいては、プレイの進行が迅速になる利点がある。

ディーラー――札を配る人のこと。ディーラーの決定は、通常の場合、参加者全員が席に坐り、左まわりで札を配って、行ないます。最初のJ《ジャック》をひいた人が、ディーラーとなるのです。以後、ゲームの終了のたびに、左まわりで交替していきます。

なお、このディーラーの役目は、プレイヤーが兼務するのがふつうですが、大勝負のときは、専任のディーラーを置き、席の位置も、一時間ごとに変更します。

ディーラーの役目は、複雑多岐にわたります。

本章で、八坂葉介は、この役目をこなすことから、スタッド・ポーカーの世界に、足を踏み込みますが、この経験は、彼にとって、非常に有益な修業だったはずです。ゲームに肝要な駆け引き、呼吸を、第三者として冷静に学ぶことが出来たにちがいないからです。

さて、最初のホール・カード（伏せた札）に次いで、ディーラーは、二枚目のアップ・カード（表向きの札）を配るわけですが、そのとき、配った札を見て、最高のカードを持っている人（すなわち、オープナー）を正しく指名して、ベッティングを開始させるのも、ディーラーの役目です。

さらに、三枚目、四枚目のアップ・カードを配るときには、ただ単にテーブルの上に曝されて出来あがっている手役を指摘するだけでなく、出来あがりそうな手役を予想して、口に出すことも、ディーラーの役目です。

たとえば、ある人のアップ・カードが、KQ10ならば、ビッグ・タイガー・ポーション（ビッグ・タイガーが出来そうですよ）と言うわけです。この発言がなければ、せっかくのゲームの緊迫感が薄れることになります。

また、各人のベットの額（すなわちチップの色や枚数）に注意して、正しくベットしているかどうか確かめたり、ドロップした人のカードを裏返しにするように指示することも、ディーラーの役目です。

最後に、ルールの説明をします。

スタッド・ポーカーには、五枚のものと、七枚のものとありますが、まず五枚のほうから説明に入ります。

本章では、このゲームのことを、ファイブ・カード・スタッドと略しています。

このゲームは、二人から十四人までプレイできますが、七、八人が最適です。

まずディーラーが、各人に一枚ずつの裏向きの札（ホール・カード）を配り、つづいて、表向きの札（アップ・カード）を一枚ずつ配ります。

これが終了すると、最初の賭け（ベッティング）です。

この初めのベッティングだけは、全員がしなければなりません。ドロー・ポーカーのように、ゲームの最初に、アンティ（参加料）を払う必要はないのですが、そのかわり、第一回目のベッティングのときだけは、チェックやドロップは出来ないのです。

次にディーラーが、表向きに三枚目を配り、二回目のベットに入ります。終わると、四枚目を表向きにして配り、さらにベットを行ないます。

この各回のベッティングでは、誰か一人がベットをしたら、残りのアクティブ・プレイヤーは、必ず、ドロップ、コール、レイズのいずれかを行なわなければなりません。そこでドロップしたプレイヤーは、当然、次のベットをすることは出来ません。

そして、五枚目を配ると、最後のベッティングになります。

さて、ベットの順序ですが、各回のベッティングに先立ち、ディーラーが、最初に賭ける人（オープナー）を指名します。

各人の表向きのカード（アップ・カード）を見て、そのなかで、最高の手役が出来ている人、あるいは、最高の手役が出来そうな人を指名するわけです。

「4のツーペアからどうぞ」とか「A《エース》から始めましょう」と発言し、ベッティングは、指名された人から左まわりに進行していきます。

繰り返しますが、第一回のベッティングでは、参加者は、最低単位のチップを出して、ベットしなければなりませんが、二回目以降は、ドロップしてもかまいません。そして、ドロップしたい人は、手札をすべて裏返しにすることで、ドロップの意志を表明することが出来ます。

七枚札のスタッド（セブン・カード・スタッド）も、七、八人のメンバーに最適で、五枚の場合と、ほぼ同様のルールです。

ディーラーが、参加者の前に、札を一枚ずつ配りはじめますが、最初の二枚は、裏向きにして配ります。次いで、三枚目の札を、表向きにして配ってから、最初のベッティングを行ないます。

つづいて、四、五、六枚目の表向きの札を、一枚ずつ配って、そのたびに、順次、ベッティングを行ないます。

七枚目のカードは、裏向きにして配られます。

ベッティングの機会（ベッティング・インターバル）は、五枚の場合より、一度だけ多くなります。

七枚目の裏向きの札が配られた時点で、五回目のベットをしてから、ショウ・ダウン（手札公開）となるからです。

七枚目の札が配られて、そのときまで残ってプレイしている人（アクティブ・プレイヤー）が二人以上いれば、ショウ・ダウンとなるのですが、その際は、裏向きの三枚の札を表向きにして、七枚の札のうちから、最高の役をつくるように、五枚を選びとるわけです。

ついでに、シンシナティ・スタッド・ポーカーについて触れておきます。

本章の最後に登場してくる日本では珍しい種目ですが、ベッティングの機会が多いため、賭け金の額も異常に増大し、また、思わぬ挽回のチャンスがあるなど、危険とスリルにみちたゲームです。その大まかなルールは、本文で述べてあります。

2

一九五一年の早春のことである。

まだ十八歳にもならぬ若さで、実の母親に急死された八坂葉介は、途方《とほう》にくれていた。父親は、とうに戦死してしまっているし、兄弟なしのひとりっ子なのであった。横浜《ハマ》の暗黒街で一方の旗頭であった池田さんが生きていれば、葉介もそのまま引きずられて、本格的な筋者《すじもの》の道に、なんの抵抗もなく進んでいたかもしれない。

亡くなった母親の仕事は、香水を調香するという、時代を数世代も先どりしたものであったので、収穫期に入るのは、まだまだ先のことだったらしく、傍目《はため》にはかなりの額だと思われていたそれまでの収入は、ヨーロッパへの飛行機代や、向こうでの滞在費、研究費などで消えていた。

それで葉介に残されたものといえば、銀行の抵当に入っている小さな家、わずかな現金、預金、それに家具だけであったが、金のほうは、葬式や寺への払いに使い果たし、家具は、銀行からの借金を肩代りして家を引きとり住んでくれることになった若い叔父に、そのまま使ってもらうことにした。

医者や官吏ばかりが多い遠縁にあたる人々のなかには、葉介の面倒をみようといってくれた縁者もいたし、どうでも葉介を引き取ると言い張った老人もいた。その人は、上野桜木町に住む学者で、亡父の遠縁にあたる半病人だったが、とどのつまりは葉介自身の判断に任せてもらうことになった。

多分に屈折した思いかもしれないが、葉介の腹は、ほぼ決まっていた。親戚の庇護の下には入らず、誰にも頼らずに生きようと気負っていたのだ。

あえなく灰と化してしまった母親が、その最後の形骸《けいがい》としてこの世に残していったわずかばかりの骨を、上野の寺に納めにいく前夜、葉介は、茅ケ崎の家で、故人の一生を頭のなかでなぞってみた。

――かしこに母は坐したまふ
紺碧《こんぺき》の空の下
春のキラめく雪渓に
枯枝を張りし一本《ひともと》の
木高《こだか》き梢《こずゑ》

あゝその上にぞ
わが亡き母の坐し給ふ見ゆ

という思いは、なにも伊東静雄さんの詩のなかだけでなく、現実の世界にも充分あてはまることを初めて知った。

居間の長椅子の上に横たわり、額《ひたい》に手をあてて、うとうとしながら、夜どおしそうしていた。眠気がさしてくると、小さな骨壺《こつつぼ》から取り出した母親の骨をかじった。

小指くらいの大きさのその骨は、芯《しん》が残っていて、かなりの歯ごたえだったが、たえず舌の上でころがしていると、やがて細かく砕けていった。

そして口のなかには、ざらざらとした感触がいつまでも残った。朝までかかっても、これからどうするかについて、なんら結論めいたものは出なかったが、二人のアメリカ人の顔が浮かび上がった。

数ヵ月前、役者を志願したときに、米会話を習ったことがあるライアンという米軍の技術将校とその夫人の顔だった。

生来、くよくよ考えるよりは、行動することのほうが得手《えて》な葉介は、翌朝早くから、そのアメリカ人の家を訪ねてみた。しかし当のライアン少尉は、帰国命令を受けとった直後だとかで、すっかりあてがはずれてしまったが、しきりに気の毒がった少尉が、方々の知人に電話をかけまくってくれたあげく、日系二世のポール・マキウチさんを紹介してくれたのだった。

ポールさんとの面談は、五分間もかからなかった。彼は流暢《りゅうちょう》な日本語を喋るのだ。

「君、身体は丈夫ですか？」

と、それだけを訊《たず》ねられて、葉介が、

「はい、風邪以外、病気にかかったことはありません」

と、答えてから、

「子供の頃のことは、よく憶《おぼ》えてませんが、とにかく丈夫です」

と、つけ足すと、葉介の顔をまばたきもせずにしげしげと見つめてから、

「じゃあ、明日から来てください」

それでおしまいだった。

その夜、松林にかこまれた茅ケ崎の家の庭で、葉介は、いろいろなものを焼いた。母親の衣類の大半は、親戚の人たちに形見分《かたみわ》けとして持っていってもらっていた。誰にもやりたくなかったフランス製の絹のスカーフなど、母親が始終身につけていたものを一山にまとめてから、庭に穴を掘って、そこに投げこみ次々に燃やした。

一方、葉介自身にも、子供の頃からの財宝はあった。レールの上に置いて江ノ電につぶしてもらった二寸釘、烏帽子《えぼし》岩のあたりで苦労して集めた貝殻、匂《にお》いガラス、戦前のメンコ（山口将吉郎が描くような凛々《りり》しい若武者

の絵の表面にニスが塗ってある豪華なやつ）、万能ナイフ、映画のパンフレット……。

途中で整理しきれなくなった。

それで残っているものを、大ざっぱに二つに分けた。叔父に引き取ってもらう古ぼけた家にそのまま残していけるものと、そうでないものと。

そう決めてしまうと、仕事が早くなった。そのかわり、新しい穴を松林のなかに二つばかり掘らなければならなかった。

母親の手になじんだもの、とくに櫛《くし》や手鏡などを燃やすのは辛かった。けれども葉介が持ち歩いてお守《も》りをするわけにはいかないし、他人のところに残していく気もさらさらない。

ひと思いにガソリンをかけて、大地に帰ってもらった。やることに勢いがついて、古いアルバムも燃やした。ユミリュスの舞台写真も灰になっていった。

そして最後まで残ったのは、母親がいつも海外旅行に携帯していたイタリア製の革のトランクで、外側にはベルトがつき、内側がグリーンの羅紗《ラシャ》張りになっている無銘の時代物だった。

そのなかに、歯ブラシなどの日用品と下着、ふだん着、母親の手がけた香水で、葉介のスペルをくずしてキイーヨスと名づけられたものを一瓶《ひとびん》、前年の夏につき合った人妻、加奈子さんが作ってくれたタキシード、殺された横浜《ハマ》の極道者、池田さんの形見のオイルライター、万能ナイフ、亡父が残した本のなかから数冊、「ファーブルの昆虫記」や「氷川清話《ひかわせいわ》」などを入れた。

庭の焚火《たきび》の匂いは、翌日、葉介が湘南電車で茅ケ崎を出ていく昼近くまで残っていた。

さて、ポールさんは、横浜に駐留している米軍の将校だったが、髪は油でベタリと撫でつけ、縁なし眼鏡をかけていて、どことなく偏執者《へんしつしゃ》めいた印象を与える独身の中年男だった。

毎夕、帰宅してから葉介に言いつける仕事は、持ち帰った牛肉の塊りを、タータル・ステーキ用に下ごしらえすること（肝心の調理はポールさんが自ら行なうので、葉介はその下準備をするだけだが、おかげで二十種類近くのスパイスに精通することが出来た）、それにオールドパーのソーダ割りの仕度をして、氷や炭酸水などを居間に運ぶことであった。

ポールさんは、白黒や茶の濃淡のコンビの靴など同じものを何足も持っていて、毎朝それを磨くことも葉介の仕事だったが、とても無口な人でめったに笑わず、ときどきホモめいて見えたけれど、まるでその気《け》はない。毎夜一本近くボトルをあけるのだが、葉介が氷のお代わりなどを持って居間に行くと、眼鏡をはずして一人で酒を呷《あお》っている姿は、眼光炯々《けいけい》として、そのときだけは逞《たくま》しい気迫をのぞかせたりした。

いつも夕刻に、何組かの客がある。背広姿の日本人だが、米軍関係の仕事の依頼に来るらしく、皆、新聞紙にくるんだものを携えていた。中身はお金、札束だった。

離れの納戸《なんど》に、いったいどこから運び込んだのか、部屋が一杯になるほどの大金庫があり、客たちの手土産は、全部そこに納められた。

住み込んで数週間たつと、その頃には葉介の気質をすっかり呑みこんだのか、ポールさんは、大金庫への出し入れをすっかりハウスボーイに任せっぱなしとなった。

夜半刻には、ときたま別種の客が訪れてくるが、それは、ポールさんの二世仲間の悪友たちだ。

やって来る連中は、皆、地下の賭博場《カジノ》から直行してくるらしい。その証拠に、深夜の訪問者たちは、手にした車の鍵や腕時計をポールさんに預けて、なにがしかの現金を手にすると、また鼻息あらく引き返していく。そんな翌朝、表に出ると、ダッジやオールズモビルなどが路上に無造作に停められているのだった。

ポールさんの家での日常生活は、快適そのものであったが、二人の共同生活の日が経つにつれ、年長の日系二世が積極的に葉介に教え込んでくれたのは、料理と酒にジャズであった。そして、葉介が、ポールさんから一方的に盗んだのは、男の身だしなみということであった。

ポールさんは、極端なお洒落《しゃれ》なのだが、人目には、なかなかそうとはわからない。同じハントのやわらかい布地で、一度に三着もまったく同じ型の背広を注文するといった古式ゆたかな伊達《だて》男で、当然のことながら、ハンカチや帽子やオーデコロンなどの小道具に凝《こ》る。

後年、かなりの年配になってからも、葉介にはどうしても真似《まね》の出来ない芸当があった。ポールさんは、コンビの靴をはきこなすのである。それもフレッド・アステアがはくようなタップ用の白黒のコンビではない。

周囲がカーフ、甲の部分に焦茶《こげちゃ》のスウェードが張ってある茶の濃淡のコンビの靴なのだが、この靴をはきこなすときの演出が大変なのだ。中背瘦身で、しかもリチャード・コンテばりのポールさんの面構《つらがま》えだから、似合ったのだろうが、霜降りがかったホームスパンの胴をしぼった替上衣に、同系色だが、少し焦茶っぽいギャバジンのズボンをはき、ふだんは黒無地の靴下でしか足首をひきしめないのに、そんなときだけ少し派手めのアーガイル模様の靴下をはいたりするのだ。

男たるものは、ナイトガウンなど室内着を十二分に活用することにはじまり、流行にとらわれずに古式にのっとること、チェスターフィールドはいかに着こなすかなど、成長過程にあった当時の葉介が、短期間のうちに、目で習い憶えたことは数限りがなかった。

そのポールさんには、親友が二人いた。

一人は、前述のドクこと、グールドさんであり、いま一人は、ヘンリー軍曹である。ヘンリー・ゲルケン。一九二四年、インディアナ州インディアナポリス生まれで、当時、二十七歳。金髪。よく陽に灼けているように見えるが、それは深酒のせいらしく、いつも乾いた皮膚をしている。

いっときは陸軍中尉まで進級したのに、今は降等《こうとう》させられて六本筋の軍曹《マスター・サージャン》だ。年は若いが、このヘンリー軍曹がジャズに関しては、ポールさんの師匠格である。したがって葉介は孫弟子ということになる。

インディアナポリスで何代か続いた開業医の一人息子として生まれたのに、医学への道を中途で放り出し、シカゴやセントルイスで楽器をかかえてステージに立っていた時期があるという。そういう過去を引きずっているためか、このヘンリーが、若い黒人兵たちにえらく人気があるのだ。噂では、中尉から降等されたことも人気の理由に関係があるらしい。

ヘンリーは、いつでもたいてい酒を呑んでいるが、素面《しらふ》に近いときの彼は、葉介にとって話しかけやすい。それにポールさんの仲間うちでは、ヘンリーがいちばん年が若いのだ。

「ねえ、ゲルケンさん」

「なんだい、オウチョ。いいかげんにヘンリーと呼んだっていいんだぜ」

ヘンリーだけが、八坂葉介のことを、オウチョと呼ぶ。スペイン語で8のことであるが、葉介が、インディアナポリスに住んでいたスペイン人に似ているというのが、命名の由来だそうだ。

ヘンリーに声をかけはするが、葉介は、お世辞や追従は言わない。よほどの必要がなければ、そのあとは黙っている。そして若い葉介は、男同士で本当に気の合った友人というものは、あまり喋り合う必要がないのだということを、このヘンリーとのつき合いから学んだのだった。

それでも、新しいレコードが到来して、デクスター・ゴードンやジョー・マイニについて、ヘンリーから何か聞き出したいと思う肝心《かんじん》のときになると、話がそこに行きつく前に、ヘンリーは、酔っ払うかカードをいじり始めてしまうのだ。

するとヘンリーは、たちまち変身してしまう。ふだんは、ヒチコックの「見知らぬ乗客」に主演したファーリィー・グレンジャーそっくりのゆったりとした表情をしているのだが、酒やポーカーが触媒《しょくばい》となると、同じ映画に共演していたロバート・ウォーカーのように、何かにとりつかれた変質者めいた人物に、物腰はおろか、口調まで変わってしまうのだった。

元の中尉に戻ろうとする意志はまったくないようで、葉介が知る限りでは、連日、酒と博打《ばくち》に嵌《は》まりこみ、ときたま、ジャズのレコードを聴いてあけくれしていた。

3

その年の初夏のある週末、葉介は、夕方からポールさんの酒の相手をさせられていたが、前日の朝早くヘンリーが届けてくれたレコードが逸品ばかりで、グラスを片手に聴き惚れていると、妙に時間のたつのが早かった。

いつの間にか十時を過ぎていたが、表で車のタイヤが激しく軋《きし》む音がして、次いで玉砂利のざわめき立つ音とともにドアのブザーが、

「ジーッ、ジー、ジッ」

と住人を威嚇《いかく》するように唸《うな》りはじめた。

ポールさんは、一瞬うるさそうな表情をしたが、葉介のほうを向いて顎《あご》をしゃくった。

玄関のドアをあけると、まずバーボンの匂いをさせて、ヘンリーが顔をのぞかせ、その背後には、ドクといま一人、葉介が初めて見る下士官ふうの白人が立っていた。

全員、シャツの衿《えり》をだらしなく開いて、疲れきった顔つきをしていたが、ドクとへ

ンリーは勝手知ったる家の奥まで新顔をともなってずかずかと入りこんできて、そのまま、居間に坐りこんだ。

「やあ、ポール、夜分おそくすまないが、これをかたに、また頼むよ」

と、ヘンリーは、すぐさま腕時計と指輪をはずしながら、

「なんせ、ドクの取り立てが厳しくてねえ。一度清算しないと、次の勝負を受けてくれないんだよ」

すっかり酒焼けした顔を無理におどけた表情にしかめてみせるが、剃刀《かみそり》のように光る目は、少しも笑っていない。

「ああ、いいよ。いくらだい？」

「ううん、千五百にするか。ねえ、頼みますよ」

「日本円でもいいかい」

「それなら四百円換算で頼むぜ」

と、横あいから、すかさずドクが口を挾む。

「な、これだからな。嫌になっちゃうぜ、まったく。おい、爺さん、そうかたいことは言いなさんなよ。せいぜい三百七十円がいいとこじゃないですかねえ」

ヘンリーは応酬するが、その口調には熱意がこもっていないし、いつもの毒気もない。よほど、あとひと勝負やりたいらしい。

葉介と知り合ったばかりの頃は、

「俺は、呑んだら、打たないよ」

すこぶる粋がっていて、また、実際にそうしていたのだが、少しずつ自堕落の極に近づきつつあるようだ。

しばらく納戸に引っこんだポールさんは、やがて千円札で拵《こし》らえた十万円の束を六つ、両手にして戻ってくると、それをそのままヘンリーに手渡して、

「細かい話は二人でやってくれや。俺には、円で六十万返してくれればいいよ」

とつぶやき、指輪の類《たぐい》だけは型どおりに預かって、またウイスキーにとりかかった。

それから数分間ドクとやり合っていたヘンリーは、やがて一件落着したのか葉介にグラスを持ってこさせて、呑みはじめたが、やおら顔をあげて、

「なあ、ポール。こいつにも廻してやってくれや。海兵隊《マリン》の奴なんだけどな」

素面のときとは、別人のようなぞんざいな言葉づかいで、新顔のほうに、グラスを握ったままの右手を向けた。

「担保《たんぽ》はなんだい？」

ポールさんが、その眼を下士官ふうの男にしかと据えて、日頃とは打って変わった冷《ひや》やかな声で問いかけると、

「おい、ボブ。ポールが、ああ言っているが、お前、何かあるのか？」

ヘンリーも、その男を、すさんだ目つきで見やった。

ボブと呼ばれた男は、ふてくされたように俯《うつむ》きかげんで、答えた。

「表の車でよけりゃあ。……それに、俺は、あとひと勝負の金さえあればいいんだよ」

「そうかい。だけどお前さんのことはよく知らないから、ヘンリーと同様というわけにはいかないぜ。利息はもらうよ。鍵をよこしな。先刻《さっき》のエンジンの音じゃあ、ポンティアックだな。よし、七百ドルだけ廻してやるよ。期限は一週間、いいな」

「ああ、いいよ」

「ようしっ、これで決まった。さあ、爺さん、てっとり早く、ここでご開帳させてもらおうぜ。なあ、ポール、いいだろう。朝まで少しばかりやりゃあ、気がすむんだよ。それに、こんな年寄りなんか、あと一押《ひとお》しだよ」

「おいおい、本当にやるのかよ。ねえ、ポール、こんな時間に構わないかい」

「ああ、家《うち》はちっとも構わんよ。ただ俺は、もう寝るけどな。そのかわり、この坊主には起きてもらうから、なんでも用は言いつけてくれ。……おい、八《ハチ》。わるいけどお前、少しつき合ってやってくれよ。いいだろう」

「はい」

葉介が、あたりの後片づけに取りかかると、三人組は、持参したチップを、ドルや円と引換えに分配しはじめ、真新しいバイスクルのカードも二、三組、いつのまにかヘンリーのポケットから出てきた。

ウイスキーの酔いが多少は残っているが、頭は妙にすっきりしているので、葉介は、そばでとっくりと観戦することにした。

ヘンリーには、ウイスキーのストレイト、ほかの二人には、コーヒーを用意した。あとはときどき、灰皿の始末をすればよいだけで、たいして手間はかからない。

池田さんの配下のバンドの連中が、狭い楽屋でいつもやっていたので、葉介もポーカーのことなら多少は知っている。三人組のやっているのが、ファイブ・カード・スタッドだということはすぐにわかったものの、たまに知らない用語がまじった。

ストレートのことを、アメリカ人はランと言うことくらいは知っているが、ビッグ・タイガーやラウンド・コーナー、それにスキッパーなどというまるで初耳の単語が、飛び交《か》っているのだ。

使用されているチップは、赤白青の三種類だけで、黄色いチップは、箱のなかにとり残されている。

白が、ミニマム・ベットの十ドル、赤が五十ドルで、青がどうやら百ドルになるらしい。三人の前にあるチップは、積み重ねられた高さだけからすれば、ほぼ同量だが、ボブの前には白いものが多い。そのうえ、残りの二人にかもにされているらしく、かなりの頻度《ひんど》で溜息をついていた。

二度目のコーヒーを入れ終えたとき、葉介は、同じテーブルに坐るように言われ、ゲームに参加することになった。

けれども、プレイヤーとしてではない。臨時のバンカーを依頼されたのだ。

小休止のあいだに、まず前任者のドクから皆の見ている前で、チップの入った注射器ケースと、それにすでにチップと交換ずみの九百ドルと十万円の札束二つを預けられ、次いでボブから新たに三百ドルを受けとって、かわりに白二十枚、赤二枚のチップを渡してやったところで、ゲーム再開となった。

じっと展開を眺めていると、ボブは、毎回最後まで参戦している。

それにひきかえ、ドクは、ドロップすることが多い。

ヘンリーは、たまに一休みするが、酒のピッチはコンスタントで、氷なしのウイスキーをストレイトのまま、舐《な》めるように啜《すす》っている。そして勝ったときと負けたとき、つまりは、ゲームが一区切りするたびにグラスをあおる。すると、そのどす黒い膚《はだ》には、貪婪《どんらん》と狂気の入り混じったものが、交互に表われては消えていくのだが、なんとも獰猛《どうもう》な表情であった。

その夜のバンカーは、ただお金とチップの管理をしていればよいと聞かされていたから、葉介は呑気《のんき》にゲームを眺めていたのだが、突然ボブから借金を申し込まれたときには、狼狽《ろうばい》してしまった。

ほかの二人は、まるで知らん顔をしている。

ボブの言い分は、あとで清算するから、チップを廻してくれの一点張りで、この初対面のアメリカ人に対して、葉介が、かなりの決意をこめて、

「ナッシング・ドゥイング！」

と、答えると、相手は、あっさりと引き下がり、そのまま長椅子の上で横になって、すぐに鼾《いびき》をかきはじめた。

残った二人の勝負はドロー・ポーカーに変更されてからも延々と続き、結局、朝になって、ポールさんが起き出してくるまで続けられ、その間、ドクは千ドル相当分を二回、合計三千ドル近くをチップに替えていた。

いつものよく通る声で、

「おい、もういいかげんにしろよ」

と、ポールさんが引導《いんどう》をわたしたときは、ちょうど天下分け目の合戦の最中だった。

5のスリー・カードを手にしたドクが、手持ちのチップを全量押し出したとき、ヘンリーの前には、それに倍するチップの山があったけれど、その勝負の成り行きいかんでは、引き分けとなる公算も大であった。

ふたをあけてみると、J《ジャック》のスリー・カードで、ヘンリーの勝ちとなったのだが、

不審そうな顔つきで、ドクが訊ねた。

「おい、ヘンリーさんよ、お前、今、何枚とっかえたんだ？」

「二枚」

「それでJは、何枚来たんだい」

「二枚」

「連続でかい」

「当然でしょう」

「なんだって？」

「Jが、続けて二枚ですよ」

「ふうん」

「何か文句でもあるんですかい、爺さんらしくないぜ」

「いやあ、立派な負けですがね、それにしても、お前さんは、Jのスリー・カードが多いねえ」

「ヘッヘッ……」

「前にもこんなことがあったぜ」

「憶えてますかい、さすがは爺さんだな」

「おい、おい、なにか手口でもあるのかい、教えろよ」

「そりゃあいくらドクでも無理だね」

「なんでだよ、水くさいぜ」

「俺だけのジンクスだからさ」

「へえ、あんた、Ｊに因縁《いんねん》でもあるのか」

「ああ、大ありさ。俺のガキの時分の友だちに、Ｊ《ジェイ》のイニシャルの男がいてねえ、黒人だけどいい男さ。こっちが困ったときには、ちゃんと助けてくれるんだ、まったくうれしいぜ」

「そやつは、ジェシー・ジェームスとでもいうのかい」

「それなら、ワン・ペアじゃねえか、俺のダチは、Ｊが三つもつくのさ」

「へえ、それは珍しいや」

「そのうち、日本に来るって手紙をよこしたから、紹介しますよ。大した奴でね」

「何が大した奴なんだい」

「会えばわかるさ」

「ふうん」

「それにしても、ご老体にもめげずご健闘のほど、感服いたしました」

「何を言いやがる！」

四千ドルに近い勝ち金を手にしたヘンリーは、シャワーを浴びてから、ポールさんに借金相当分のほかに利息として百五十ドル、それから葉介には祝儀《しゅうぎ》として百五十ドル置くと、ボブを叩き起こして、颯爽《さっそう》と引きあげていった。

利息分の百五十ドルも、ポールさんがそのまま葉介にくれたので、合計三百ドルの臨時収入となった。

その夜の勝負で、二番目に勝ったのは、どうやら葉介らしい。

これが、八坂葉介のカードとのつき合いの始まりだが、ボブはさておき、ヘンリーとドクとのテーブルでの駆け引きを見ていて、肝《きも》に銘じたのは、二人とも頭脳に直結する両眼の動きが、とても敏捷《びんしょう》で、自分の手よりも相手の全身の表情を貪《むさぼ》り読むこと、それからめったにブラフをしないことの二点であった。

4

それからは週に二、三度、この家は縁起がいいからと言って、ヘンリーが顔を出すようになった。

ポーカーをやるメンバーがいないときには、取り巻きの黒人兵の一人にウィルスを運転させて、葉介を強引に連れ出したりする。

ヘンリーの溜《たま》り場《ば》は石川町にあるが、常連の大半は、彼の元部下だった黒人兵たちである。そこは、だだっ広い木造の平屋建てだが、ふりの客はおろか、白人兵もほとんど姿を現わさない。

　エル・ドラドというのが、その店の名前であったが、片隅には馬鹿でかいオーケストリアンが置かれている。

　一見、ピアノと同じ形をしているけれども、中身は、アメリカ製の古い自動演奏装置で、太鼓や鉄琴やシンバルなどの楽器が、懐かしい行進曲などをかなでてくれる。

　別の片隅には、これまた時代物のジュークボックスがある。客がいようがいまいが、いつもどちらかが作動しており、双方ともけっこう良い音を出すのだ。

　黒人兵たちのなかには、酒を呑まぬ連中もいる。しかも、女遊びもやらないのだ。そのぶん、本国の実家に真面目《まじめ》に送金している。

　そういう若者たちも、エル・ドラドには寄り集まってきて、まだ暮れやらぬ黄昏どきなどコーラスを唄っている。

　そして、陽が落ちて、あたりが薄暗くなると、ジュークボックスが、ジミー・ラッシングのブルースなどを唸《うな》りはじめる。

　ジャズ気狂いの黒人兵たちが集まってくるこの店で、ヘンリーは、皆に尊敬されていた。

　葉介が、若いＧＩたちの動作を観察してみると、元上官に対する敬意だけではない、なにか特別な親愛のきずなが、ヘンリーとエル・ドラドに集まってくる兵隊のあいだには、存在しているようだった。

ヘンリーに連れられて、初めてその店に顔を出して以来、葉介は、二日に一度は、立ち寄るようになった。

鷺山の家から、元町や中華街へ買物に出かける行き帰り、多少、遠まわりになっても、エル・ドラドをコースのなかに組みこむのだ。

籐《とう》であんだ買物籠をぶらさげたまま、店に入り、カウンターで、コーヒーを立ち飲みして、ジャズを二、三曲聴いてから、引きあげる程度であるが、

「おや、ヨースケ。もうお帰りかい、たまには、ビールでも、どうだい」

気軽に声をかけてくれる連中が、日ましにふえてきた。

かつてヘンリーの直属の部下だったというティノとシドの両軍曹は、殊《こと》の外《ほか》、葉介のことを気にかけてくれて、対等のつき合いをしてくれる。たまには、ビールをおごらせてくれるのだ。

ヘンリーが、中尉から軍曹に降等された事件の裏話を、その頃ポールさんから聞き出したことがある。この件には、ポールさんも関与していたのだった。

朝鮮半島で動乱が勃発した直後、ポールさんとヘンリーが釜山で補給部の将校をしていた頃に、軍用倉庫のなかの医薬品が、トラックで二台分、紛失したことがあった

そうだ。

当日、日本に出張していたポールさんは、難をのがれたのだが、当直将校だったヘンリーに、もろに嫌疑が向けられた。

当時の二人の上官は、レオンといって、今や、グアム島で司令官にまでなっている男であったが、やることがスマートすぎた。

ろくな調べもせずに、ただちにヘンリーを軍曹に降等させて、それで一件落着だと処理手続きをすませたのである。

ヘンリー元中尉は、自己弁護しなかった。それというのも、当夜の部下の大半は、叩けばほこりだらけという古参の黒人兵ばかりだったし、レオンという男は抗弁の通じるような相手ではなかったからだ。

閣下という通称を持つレオン大佐（現少将）は、当時、出世を目前にしており、別件で逮捕された倉庫主任が余罪として当夜の犯行を自供した供述書のことは、黙殺したまま、グアム島に転任してしまった。

その後、新しく着任した上官は、この件を再調査し、査問のための小委員会を設置した。その結果、ヘンリーの無実は確定し、即刻、中尉に復任できる上申書も作成されているのだが、肝心の書類にサインが一ヵ所抜けているのだ。

グアムのレオン閣下が、自分の非となるのを嫌がって、未だに妨害しているのであった。

ポールさんは、ポーカーをまったくやらないが、たまにバンカー役だけは引き受けたりする。

そして葉介はいつしかプレイズやボブティル・ランなど特殊な手役は、ことごとく記憶してしまい、三ヵ月もすると、ポールさんがクルーピエのときには、パーマネント・ディーラーをやるようになった。

ホール・カードに次いで、一枚目のアップ・カードを配ってから、最初のベットをする人を正しく指名することに始まり、二枚目、三枚目のアップ・カードを配っていくときには、テーブルの上ですでに出来あがっている組み合わせだけではなく、誰かの手のうちに、もしかしたら出来るかもしれないハンドのことも口にして、ほかのプレイヤーの注意をうながすことにも流暢になっていった。

誰かのアップ・カードが、10・9・8ならば、

「ラン・ポーション（ストレートが出来そうですよ）」

と、何気なくつぶやけばよいのだが、このさりげなく外国語で表現する呼吸が、なかなかむつかしかったし、傍目《はため》からすれば簡単なようだが、参加者の人数が五人以上のときなど、各人の手をすばやく読んだり、正しくベットしているかどうかチップの

色や数を一瞬のうちに確かめたり、かなりの熟練を要するのだ。

　こうしてディーラーをやるたびに、何がしかの祝儀を手にするので、いつしか葉介の懐《ふところ》には、ポールさんからの月々の給料《ペイ》も含めて、かなりの額の現金が溜っていった。

　葉介が、初めてプレイヤーとしてゲームに参加したときの競技種目は、セブン・カード・スタッドであった。

　ベッティング・インターバルが、五枚の場合よりも多いし、それに比例して賭け金も増えるのだが、長いことディーラーをやっているあいだに、ギャンブルをやる人に共通する癖や大負けする人の決定的な弱点など、かなり把握していたので、いったん合戦が始まると、よけいなことには気をつかわずに、自分の勘と度胸だけを頼りに堂々と渡り合った。

　いかに西洋生まれのゲームで、しかもアメリカ人を向こうにまわすとはいえ、ポーカーも博打の変形であり、プレイ以前に勝ち負けが決まってしまう要素がいくつかある。

　おしなべて叩き上げの下士官クラスは、白人・黒人を問わずカードにも酒にも金のやりとりにも、いっさいがっさいしぶといが、たまにしか顔を出さない少尉や中尉といった連中は、大学まで卒業した若者が多いのに、勝率がよくない。

その原因を一口で言うと、思いきりが悪いのだ。引きあげどきを知らない。ゲームの途中で、何度も財布から十ドル札を取り出してはチビチビとチップに替えている。

そして何のことはない。有金《ありがね》がなくなるまでやるのだ。しかし、そういうポーカーテーブルでの負け犬たちを、いちがいに馬鹿には出来ない。

彼らにも信念はあるのだ。いったんテーブルについたら、途中でいくら小金を手にしたところで、それを懐に席を立つというのは、アマチュアのやることであって、いっぱしのギャンブラーのやることではないと固く信じこんでいるのだ。

さて、ゲームがファイブ・スタッドであろうと、セブン・スタッドであろうと、プレイが始まると、その前哨戦《ぜんしょうせん》では、たちまち小競《こぜ》り合《あ》いが何度か繰り返される。

葉介は、同じテーブルに坐り、参戦はしていても、極力、それにつき合わなかった。

ゲームが、ここぞという勝負どころに到達するまでに、ほかの連中をめいめい勝手に疲れさせるつもりなのだ。

キャリアが浅く年若い自分と、少しでも同じレベルに相手が落ちてくるのを待ちながら、葉介は、じっと耐えしのぶのだった。

序盤戦から中盤戦にかけて、実力の差はさておき、運・不運の差が少しずつ現われはじめる。そんなとき、メンバーのなかでいちばんつかない奴を、まずいじめにかかるのは、えてしてその次につかない奴だ。

そういう対決を横目で見ながら、八坂葉介は、ドロップを繰り返す。チップを払いつづけたあげくのジリ貧などは考えないし、もし負けたら、どうしようなどという気も、さらさらなかった。そんな逆目のことを考えるような弱気な少年としては、もともと育っていないのだ。

ポーカーをやるようになってから、葉介が折にふれて思い出す書物がいくつかあった。そのうちの一冊が、「ファーブルの昆虫記」だった。

その本の一節に、サソリの毒について詳しく触れている箇所がある。

サソリの毒に、我々人間は、ひどい目にあわせられるが、当のサソリたちも同類に刺されると、すぐに死んでしまうという。

その死に至るまで進化論を信じようとはしなかったファーブルさんには、多少、非科学的なところもあったらしいが、九十二歳まで長生きした、この南フランス生まれの昆虫学者の素晴らしい点は、人並みはずれた観察力にある。しかも、それを詩のように澄明《ちょうめい》な文章で後世の人たちに残しているのだ。

サソリの場合について言えば、飼育場から引き出した二匹のすごい奴らを、広口壜《びん》のなかで向かい合わせに対決させて、その結果を丹念に観察している。

睨み合った二匹のうちの片方が退却すると、ファーブルさんが、わらを使って元の位置につれ戻す。すると、退却したサソリは、相手がいじめたと思いこんで、それをきっかけに死闘が開始される。

あっけないほどの戦いで、片方が刺されると、それで幕はおりる。

勝ったサソリは、ゆうゆうと息の絶えた相手を齧《かじ》りはじめる。サソリは、もともと小食家なので、四、五日かけて、少しずつ食い尽していくと書かれてある。

横浜に駐留しているGIたちの世界でも、ポーカーというたちの悪い病気にとりつかれた連中のあいだでは、それとそっくり同じことが、テーブルの片隅で展開していくのだが、いったんゲームが始まると葉介は、我が身にとっては無益な局地戦には、いっさい気を使わない。

最後まで勝負の場で生き延びることに、ファースト・プライオリティを置いて、そればかりを重要視し、プロセスには、なんの価値も認めないようになっていった。

しだいに腕をあげた葉介は、毎週末、ポールさんの許しを得ると、本牧や間門《まかど》まで出向いて、他流試合もこなすまでに成長していったが、いつもヘンリーと行動を共にするようにしていた。

一度だけ、あの海兵隊のボブに強引に誘われたことがある。寝起きから耳鳴りがして、気分がすぐれないまま庭の芝生の手入れをしているところを、ボブに無理やり連れ出されパッカードに乗せられて、金沢八景で見知らぬ連中とゲームを始めようとしたことがあったのだ。

総勢五、六人で、全員私服を着ていたが、どいつもボブ同様におとなしそうな連中だった。レートがいつもより割高なのが、意外だったが、テーブルに坐りこんで、さてゲームを始めようかというときに、どこで聞きこんだのか、珍しく素面のヘンリーが現われて、ポールさんが急用で呼んでいるからと、なかば喧嘩腰で連れ出された。そのまま、ジープに乗せられて、本牧のバーまで運ばれたが、道中《どうちゅう》、ヘンリーはずっと無言だった。

腰をすえた場所は、おそろしく薄暗い店で、カウンターやボックスには、女たちがたくさんいたけれども、誰ひとり薄化粧さえする必要のない暗さだった。

カクテルグラスのなかのオリーブの色艶は確かめられないにしても、どんな女も充分に美人に見える暗さだったし、それに第一、女でありさえすればかまわないという覚悟で、若いＧＩたちがやってくる店であった。

ヘンリーは、こんなところまで足をのばして、カモを漁《あさ》っているらしい。

二人してカウンターに坐ると、髪をリーゼントにきめてはいるが爪の汚いバーテンダーが、注文もしないうちに、バーボンをよこした。フォア・ローゼズだった。

「いいか、オウチョ。よく憶えておけ。お前は、ポーカーなんかやるには、まだ若すぎるんだ」

「ええ、わかってますよ」

「どうしてもやりたいときは、俺がついているときだけにしろ」

いつになく激しい剣幕《けんまく》である。

「はい」

「お前さんは、さっき、あぶなかったんだぜ。わかっているのか、おい」

「………………」

「金沢八景の奴らな、ハイエナみたいな連中だが、あれでも本職だよ」

「………………」

「世の中にゃあ、お前なんかがまだ知らないことが、ごろごろしてるんだ」

「………………」

「まあ、飲めや」

「はいっ、頂きます」

「お前さんみたいに若い奴、それに素人《しろうと》は、プロに間違えられるのを喜ぶもんだ」

「はあ」

「芸ごとでも、絵描きでも、俺が昔やってたジャズの世界でもそうだったよ。およそ人間がやることなら、なんだってそうさ」

「………………」

「ただなあ、稼業の人間だけは、別だよ。あいつら、プロと見破られるのを嫌がるんだよ。だから、なみの素人よりよっぽど素人らしい振りをしてるんだ」

「はい」

「稼業といっても、ギャングはちがうよ。こいつらあ、怖《こわ》もてするのが仕事だもんな」

「………」

「おい、どうした、少しは飲めよ」

「ええ」

「今頃、やってりゃあ、お前さん、大負けしてたさ。あいつら、初手はわざと負けて、そのうち、ゆっくりと深みに引きずりこむのよ。それが手口さ」

「そうですか」

「お前さんが負けた尻を、ポールが、きれいにすることまで見越したうえで、しかけて来てるんだからな」

「すみませんでした」

「まあ、気をつけろよ」

　その夜以来、葉介は、ポーカーをやる場所を、鷺山のポールさんの家と、石川町のはずれにあるヘンリーの家だけにしぼった。

閑静な坂上の袋小路のつきあたりにあるヘンリーの家は、日本の料亭を接収したものので、そこでヘンリーは、元部下だった黒人の軍曹ティノとシドの三人で、メイドもおかずに共同生活をしていた。

玄関を入ってすぐの二十畳の大広間には、分厚い絨毯《じゅうたん》をしきつめて、玉突台をちぢめたような頑丈なポーカーテーブルが二卓据えつけられてあり、別の部屋には、本物の玉突台もあった。これは、クラップス（骰子《さいころ》二個でする博打の一種）にも使用できるようになっているのだ。

5

その年の十一月、この石川町の家で、元中尉のヘンリー軍曹と三本筋の軍曹《バック・サージャン》ティノとシドとがクルーピエとなり、ポーカー並びにクラップスのパーティが開催された。

前々から裏方を頼まれていた葉介は、ポールさんからの祝いの品を抱えて、夕方から顔を出し、酒や小料理の支度を手がけた後、少しばかりゲームに参加した。

見知らぬメンバーばかりのテーブルで位置について、真新しいビーのカードを使ってのポーカーが始まると、葉介は、いつになくスタートから飛ばしていった。

大勢のアメリカ兵のなかに混じっているただ一人の日本人の少年として、初めの頃は、もの珍しがっていた相手も、そのうち、牙《きば》を剝き出しにして挑《いど》みかかってきたが、葉介は、まっこうから勝負を受けて立った。

ヘンリーは、かたわらでにやにやしながら眺めているだけだったが、やがて、周囲から、

「こりゃあ、このキッド、馬鹿つきだぜ」

の声が出たとき、葉介は、ヘンリーやドク両先輩のやり口には従わずに、二度続けてブラフを成功させた。

二時間たらずで、葉介のチップは三倍近くになったが、やがて、招待客がつめかけはじめた。ヘンリーに促《うなが》されて席を立った葉介は、チップを金に換えたあと、サブ・バンカー役を務めることになった。

二人の黒人軍曹は、とっくにクラップスのほうで参戦しているし、ヘンリーは、急用で東京まで出かけてくるというのだ。

その夜のパーティは、女人禁制《にょにんきんぜい》だったが、へたな女を抱くより、はるかにスリルにあふれていた。裏方として場外から見つづけた葉介でさえ、そう感じていたのだから、二つの部屋に分かれた総勢三十人近くの連中には、さぞ堪《こた》えられなかったことだろう。

ところが、夜半になって、困った状況になってきた。

共同主催者であるシドとティノが、そろって骰子《さいころ》で負けはじめ、そのうちティノが、

穴埋めしようとカードに転向したものの、ますます深みにはまってしまったのだ。そのうえ、いま一人の元締め役であるヘンリーがなかなか帰ってこない。

今やひとりでバンカー役をこなしていた葉介は、言われるとおりに二人の軍曹にだけは、現金《キャッシュ》の見返りなしに、チップを発行しつづけたが、主催者三人が当初に出しあった資金は、ヘンリーの分も含めてあらかた底をつきはじめている。

日頃から温和なティノがおどおどしているのはやむをえないにしても、身長が二メートル近くあるタフなシドまでが、青黒い顔に白目を血走らせて、葉介のところに相談にくる始末だった。

どうでもヘンリーの代役を果たさなければと、意を決した葉介は、懐から取り出したへそくりの三千ドルを、ティノに握らせて、バンカー役のバトン・タッチをすると、自分はポーカーのテーブルに坐り、少しでも資金を回収することに狙いを定めた。

「恩にきるぜ、ヤサカ」

シドは、すっかり元気づき、いかつい両肩と尻をふりふり、クラップス台の方に戻っていった。

効率のよい回収をはかるためにいちばん高いレートでやり合っているテーブルに坐りこんだのだが、葉介がかなりの腕前の持主だということは知れわたっており、小きざみにジャブまがいの攻撃をしかけても、のってくる者は少ない。

小銭を手にした連中が守りを固めはじめてしまったのだ。そのままだと、パーティは赤字のまま、幕切れを迎えかねなかった。

東京でのヘンリーの行先は、アーニー・パイルか銀馬車だとは聞いていたが、この時間では、連絡のとりようがないし、第一、連絡してもどうにもならないという気配が濃厚にたちこめて、葉介が、多少のいらだちを感じているときに、玄関から女が、ひとり入ってきた。

遠目にみても、素晴らしい美人であった。

近寄ってくると、誰もが、動きをとめた。つい先刻おくれてやって来て席についたばかりのドクまでが、年甲斐もなく目を細めており、続き部屋の連中もあわせてダイスをふるのをやめて、ゲームは完全に中断した。

女は、琥珀《こはく》色の肌をして、両肩の上に、軽く豹《ひょう》の毛皮のコートをはおり、漆黒《しっこく》の髪の下では、勝気そうな眸が、男たちの視線を、はね返していた。

やがて美女の後ろから、盛装したヘンリーと、いま一人、タキシードを着こんだ黒人が姿をみせた。

とたんに、居合わせた黒人兵たちから、口笛と拍手と歓声の渦がまきおこった。

「やあ、J《ジェイ》・J《ジェイ》」

「あんたあ、本物かい」

「よく来てくれたなあ」

「慰問にきてるとは聞いてたけど、なんで、こんなところに顔を出したんだい」

パーティの主役の座が、急遽《きゅうきょ》、黒人紳士に移ってしまった。

「いやあ、こいつが、ガキの頃からの親友でねえ」

とJ・Jと呼ばれた男は、かたわらのヘンリーの肩の上に手をおいた。

知っている人は、知っているだろう。トロンボーンを持たせては、後の世で、世界屈指のプレイヤーと謳《うた》われたJ・J・ジョンソンである。

周囲のやりとりに耳をかたむけてみると、ヘンリーと同じインディアナポリスの生まれで、おまけに、ヘンリーの父親が、J・Jの出産を手がけたという。

鉄火場《てっかば》を一瞬、静寂のうちに包みこんだ女は、J・Jの連れで、コートを脱いで、肩もあらわなスパンコールのロングドレスだけの姿になると、巨大な乳房に正比例して十二分に張り切っているヒップの重量のおかげで、どうやらやっと軀全体が前に倒れるのをまぬがれているようにみえる。

ウエストが異常にくびれていて、どことなく不安定な、前のめりの肢体だが、トロンボーンも女も、抱《だ》きかかえるには、そのほうが具合がいいのだろう。

あまりにセクシーな女の登場に、たまらず皆が口々に話しかけた。

「すげえ子を連れてるなあ、未成年じゃあねえのかい」

「奴ァ、あれで、二十二だ。それに唄うんだよ」

「前座でかい」

「それなら、もっとましなのがいるさ」

「えっ」

「にぶいなあ」

「ベッドで唄うのかよ」

「ああ」

「あの唇なら、吹くほうも相当やるな」

「ご明察」

「こん畜生！」

「レディの前だよ、下品な言葉は使いなさんな」

「J・J。このチップ全部と引き換えに三十分だけ廻してくれないかな。ほらっ、見てくれ、八百ドルは、あるぜ」

「残念だな、お生憎《あいにく》さまってやつさ」

「なんでだよォ」

「あの子は駄目なんだよ」

「十五分でもいいや」

「よしなって、無理なんだよ」

「どうして」

「だって、ありゃあ、トロンボーン吹きにしか惚れないんだよ」

「このォ」

座が、一挙に、にぎやかになった。

「さあ、J・Jが顔を出してくれたし、これから、ジャックのスリー・カードをつくりまくるか」

と、ヘンリーは、本来の凄腕のポーカープレイヤーに戻り、予告どおり、明け方までに、二度も十八番の手をつくり上げた。

その結果、三人の軍曹によるパーティの収益は、わずかながら黒字といった線まで盛り返したのだった。

ヘンリーの旧友は、連れの女性を先に宿舎に帰らせて、最後まで、その場につき合ってくれた。

チップの清算を終了させ、やっと関係者全員が一段落したとき、J・Jが口をきった。

「おい、ヘンリー。久しぶりに、お前さんのトロンボーンを聴いてみたいな」

「…………」

「へえ、中尉殿《どの》もやるんですかい」

「やるどころじゃないさ。俺たちが、その昔、ハイスクールでバンドをやってた頃、俺はピアノ、ヘンリーがトロンボーンだぜ」

「初耳だなあ」

「ぜひお願いしますよ」

「俺にトロンボーンをやれって、すすめてくれたのも、この男さ」

「そうだったんですかァ」

「俺の名前が、少しは出始めたころ、ステージ・ネームを考えてくれたのも、こいつさ」

「あれっ、本名じゃないんですか？」

「本当は、ジェームズ・ルイス・ジョンソンてえんだよ。それを、J・J・ジョンソンにしろってさ」

　黙ってやりとりを聞いていたヘンリーが、すくっと立ち上がった。

「ここじゃあ、無理だな。それに肝心の道具はあるのかい？」

「ああ、ほらよ」

　J・Jは、二つのケースを用意していた。

「五年ぶりだもんな、お前さんとは」

「そんなになるかな」

「長いこと待ってたんだぜ、さあ、案内しろや」

その場に居合わせた七人が、そのまま、鷺山へと向かった。

陽はまさに昇り始めんとしていたが、膚《はだ》を刺すように冷たい風が吹く小高い丘の頂上で、ヘンリーとJ・Jは向かい合った。それぞれ右手にトロンボーンをさげている。

葉介とシドにティノ、それにエル・ドラドでも飛びきりのジャズ気狂いが二人、車のそばで、息をひそめて見学することになった。

「おい、ヤサカ。ヘンリーに内緒にしてくれて、ありがとう」

「そうともよ、おかげで助かったぜ」

「ほら、お前さんの三千ドルと、これは、少ないがお礼だよ」

「そんなのはいいよ」

「そういうわけにゃあ……」

「いいったら。ほらっ、始まるじゃないか」

ゆっくりと昇っていく太陽を背に、最初に吹きはじめたのは、J・Jだった。

曲は、TIME AFTER TIME。

さすがは、本職だった。金属製のトロンボーンが、たちまち、J・Jの軀の一部分となった。

無理に技巧をこらさなくても、甘いフレーズが次から次へと流れ出てきた。

幼馴染みをさそうように、ゆるぎない音程で、テーマを繰り返した。

ヘンリーは、初舞台を前にした少年のように固くなっていた。身動きも出来ないほどに緊張しているさまが、葉介にもはっきりと見てとれた。

J・Jは、じっくりと相手を待っている。

やがて、両眼を閉じたまま、ヘンリーも吹きはじめた。しばらくのあいだは、ひどいものだった。もどかしげだった。

それが、時間が経つにつれて、少しずつ変貌していった。J・Jとはちがった音色で奏《かな》ではじめた。よく歌う快活なフレーズが、顔を出すようになった。

その音は、日頃、博打と酒に溺れているヘンリーの私生活とは裏腹に、逞しく、積極的に人生を生き抜こうとする力強さに満ちあふれていた。

うれしそうな表情を浮かべて、ヘンリーにソロ演奏を任せていたJ・Jが、再びトロンボーンを口にして、相手を次の曲へと誘導していった。

GET　HAPPYだった。

そこで、二人は、日本人の少年にもわかる言葉で、お互いのトロンボーンを通じて喋りはじめた。
〈おい、どうしたんだい、ヘンリー〉
〈なにが〉
〈すっかり荒れてるじゃないか〉
〈ふん、そんなことか〉
〈お前さんらしくないぜ、素直になれよ〉
〈…………〉
〈たまには勉強でもしてるのか〉
〈いやあ〉
〈もうすぐ、三十だぜ〉
〈言われなくたってわかってるよ〉
〈本当にわかってるのかい〉
〈ああ〉
〈まあ、会えてよかった〉
〈そうだな〉
〈ずいぶんと心配したぜ、よくない噂を聞いたからな〉
〈俺のことなら、大丈夫だよ〉

〈そうこなくっちゃあ〉

〈それより、J・J、相変わらず巧《うま》いな〉

〈当たり前だろう〉

〈ハハハッ、久しぶりで楽しいぜ〉

二人の会話は、とりとめもなく続き、まだすっかりとは明けきらぬ横浜の空を、さわやかに飛び交《か》っていった。

6

一週間後、鷺山のポールさんのところに、シドとティノの両軍曹が訪ねてきた。

立川の米軍基地内の将校クラブでひらかれるポーカー大会に、葉介をプレイヤーとして送りこみたいと言うのだ。

参加者全員が、各自、現金を少なくとも一万ドル持ちより、手持ちの資金が底をつくまで続行されることでテン・サウザンド・パーティと呼ばれている、この定期的に開催される大会のことは、葉介も、何度か耳にしていた。

「ヘンリーは、どうしたい。いつも、あれが出てたんじゃないのかい」

「それが、うちの大将は、もう勝負ごとは、やりたくないって言いはじめたんですよ」

「冗談だろう」

「それどころか、このところ酒もやめちまって」

「ふうん」

しばらく考えこんだポールさんが、

「それで、なんでまた八坂をご指名だい？」

と訊ねると、二人の軍曹は、首をすくめながら、口々に弱音《よわね》をはいた。

「ほかにましなのが、いないんですよ」

「ヤサカ以外は、皆、どんぐりの背くらべで……」

「へえ、こいつが、そんなにやるのかい」

「そりゃあ、もう」

「で、金の支度は、出来てるのか」

「お恥ずかしい話ですが、石川町の界隈で、やっとこれだけ集めました。残りは、ポールさんにお願いしなければ……」

と、年長のティノが五千ドルの札束を差し出した。

「ううん、少し考えさせてくれんか」

「それが、今度は、グアムから閣下が出てくるってんで。どうでも、あん畜生、しとめてやりたくて」

「なにい、レオンがくるのか」

「はい」

「ようし、わかった。残りの金は、引き受けた。……おいっ、どうだい、八坂。お前、ちいっとばかり大きいのを、目一杯、打ってこいよ」

よってたかって、周囲の男たちにけしかけられて、三日後、葉介は、立川に赴《おもむ》くことになった。

前年、つき合っていた人妻、加奈子さんが作ってくれた黒に近いミッドナイト・ブルーのタキシードを、葉介は初めて着用した。

若い頃、全米のアメリカン・フットボールの本予選まで出場し、ランニング・バックとして鳴らしたというシド軍曹が、真顔で、忠告してくれたのだ。

「あの頃、試合が始まる直前になると、相手チームのユニフォームが気になってなあ。こっちのより見栄えがしたら、それだけで、嫌な気がしたもんさ。気おくれがするんだよ。服装《なり》なんて関係ないみたいだけど、これが、大ちがいなんだな」

フェルトのズボン吊りやエナメルの靴などは、ポールさんのものを借りた。足のサイズは、ポールさんのほうがずっと大きくて、靴は、ずいぶんとぶかぶかであった。足の指先には、ゴルフボールでも充分入りそうな隙間が残っていた。

パーティでの介添人は、ヘンリーだけであるが、エル・ドラドの常連のうちから、三人ほど見学に来るらしい。

ポールさんは、顔を出さないが、そのかわり、内ポケットには、真新しい千ドル札が、十八枚しのばせてある。

前日の夜、二人で飲みはじめる前に、

「おい、八。これは明日の軍資金だよ。俺が五千ドル足して、ちょうど一万ドル持たせてくれって頼まれてるんだが、それだけじゃあ足りまい」

「いやあ、一万ドルパーティですから」

「言うとおりにしろ。これが石川町からの五枚、それから、俺からは、ほらっ、これだ」

と、手渡してくれた五枚と十枚、それに、葉介のへそくりと、あわせての一万八千ドルである。

「こんなに要りませんよ。少しは手持ちがありますし……」

ポールさんのあまりの気前のよさに、葉介としては、ひたすら固辞したのだが、

「いいんだよ。勝ってから、返してくれればいいよ。利息はいらない。もし負けたら、あと二、三年、ここで働いてくれよ。その分の給料《ペイ》の前渡しだよ」

と言ってくれたばかりか、当日の昼すぎ、葉介が、鷺山をあとにしようと身支度を

していると、勤務先からわざわざ激励の電話があった。

「おい、八。今夜は冷えこみそうだから、俺のコートを着ていけや。ありゃあ、縁起がいいはずだ、じゃあな、頑張ってこいよ」


会場は、立川基地の将校クラブの一室だった。

鉄火場の雰囲気などまるでない瀟洒《しょうしゃ》な造りだったが、やがて人だかりがして、紫煙がたちこめると、様子が一変した。

閣下は、一目でわかった。

あの「カサブランカ」で、ボギーにつらい想いをさせた、まるで革命家らしくないポール・ヘンリードそっくりの銀髪をきちんと撫でつけた青白い顔色の好男子で、横柄《おうへい》な感じが漂っている。

その男は、想像以上に大物らしく、周囲から、超ナンバーワンの待遇をされていた。

バンカーをつとめる男は、どうも閣下の副官らしいが、一人だけ気になる男がいた。私服をまとった髭面《ひげづら》の男で、よく陽に灼けて両眼だけが異常に光っているのだ。

参加者よりも観戦者のほうが多く、ただ一人の日本人である葉介は、ブラック・タイのせいかもしれないが、やたら不審そうな顔つきで眺められた。

夜八時のゲーム開始に先立ち、細かいルールが取り決められた。

テーブルの周囲五メートル以内には、ディーラーとプレイヤー、それにバンカー以外は近寄れないこと。

手鏡やシガレットケースなど光り輝くものは持ち込まないこと。

使用するバイスクルのカードは、三十分ごとに取り替えること。

そして今回に限り、特例として、時間制限が設けられ、ゲームは翌朝の七時までということになった。

葉介は、勝負に先立ち、常になく手持ちの金全額をチップと交換した。テーブルに出まわるチップは、青赤白それに黄色の四種類で、白色が百ドル、赤色が五百ドル、青色が千ドル、そして黄色は、一枚二千五百ドル換算である。

当日の種目は、ファイブ・カード・スタッドであった。

本職みたいに手つきの鮮やかなパーマネント・ディーラーが、閣下のそばに坐り、その右隣りには、髭面が陣取っていた。

三十分ごとにカードを変え、ときには中座する者もいたが、葉介は、じっと腰をすえて、やたら勝ちまくった。ディーラーが、わざと仕組んでいるみたいに、良い手ばかりやってくるのだ。

勝利の女神が依怙贔屓《えこひいき》してくれているようであったが、葉介は、少しも気を弛《ゆる》めなかった。

陽動作戦は、一度だけ行なわれた。

葉介の左手に坐っていた男が、グラスを倒したときだ。

ハイボールが、緑色の羅紗《ラシャ》に吸いこまれていくのを横目で見ながら、葉介は、髭面の手許と閣下から目を放さなかった。

連中が、つるんでなにかを仕掛けてくるのなら、頃合《ころあい》のタイミングだった。

海賊のように逞しいその髭面の男は、ちらっと何かのアクションをおこしかけ、葉介の視線に一瞬気づいて、また、元の静止状態に戻った。

「おい、気をつけろよ」

いかにも清澄無垢《せいちょうむく》なトーンで、グラスを倒した男に声をかけながら、閣下は、素早く、葉介のほうに視線を向けてきた。

若者とはいえ微塵《みじん》たりとも容赦はせぬぞと言わんばかりの表情をしている。

その回、葉介は、リトル・タイガーで、辛《かろ》うじて閣下のランに勝った。

自分よりはるかに年長の、しかも異国の男たちを相手にして、葉介は、雑念をはらい、自分の勘と気力だけを頼りにした。

一八九九年に七十七歳でこの世を去った勝海舟は「氷川清話《ひかわせいわ》」のなかで言っている。

――およそ世間の事には、自《おのずか》ら順潮と逆潮とがある。従って気合いも、人にかかってくるときと、自分にかかってくるときとがある。そこで、気合いが人にかかったと見たら、すらりと横にかわすのだ。もし自分にかかってきたら、油断なくずんずん押してゆくのだ。

日本の少年、八坂葉介は、この教えのとおり、細部にまで気をくばりながらも、要所は大胆に突き進んでいった。

時計が四時をまわったときに、ゲームへの参加者は、五人に減っていた。残りの四人は、全員討死してしまい、矢つき刀折れた風情《ふぜい》を背中一杯に漂わせながら、それでも上辺《うわべ》だけは、潔《いさぎよ》く引きあげて行った。

当初取り決めしたタイム・リミットまで、残り二時間となったところで、プレイは小休止となった。

あたり一面にたちこめた葉巻と両切り煙草の煙は、息苦しいほどであった。人混みを避けて、ゲストルームのソファに軀を沈めていると、ヘンリーが、ピアノ・バーのカウンターから、ブラックコーヒーの舌が焦げるほど熱いやつを運んできてくれて、かたわらに坐りこんだ。

「おい、オウチョ。いいか、今夜は、どうころんでも、お前さんの勝ちだ。連中は、あと二時間も持ちはしないさ」

「延長は、ないんでしょう」

「ああ、レオンは、朝早くから軍務で戻らなければならないはずだから、延長戦はないさ。それにな、あいつら、もうおけらだよ。わかるか、文無しってことよ」

「へえ、そうかなあ」

「なあ、オウチョ。お前さん、今、いくら勝っているか自分でわかっているのか」

「ううん、十三万はかたいみたいだね」

「なんの、それどころか、十五万ドルはいってるよ」

葉介は、テーブルの上に積み上げてきた自分のチップを思い浮かべてみた。たしかに、それくらいはあるかもしれない。

「よくやったぞ、オウチョ」

「いやあ、まだ二時間もありますよ」

「そのことだけど、いいか、そのうちにレオンはな、日本円ではどうだ、小切手も受けてくれよと言い出すからな、そのときは、ちゃんとこう返事をしてやれ。よく憶えておけよ」

「うん」

「日本円なら、一ドル四百円換算。小切手は誰のものでも構わないけれど、全部、閣下が裏書をしてギャランティしてくださいってな。いいか、ちゃんとそう言ってやれよ」

勝負が再開されて三十分もすると、ヘンリーが予告したとおりの展開となり、バンカー役の副官の前の手提げ金庫には、日本円や閣下が支払保証をした紙片が混ざりはじめ、葉介を除く四人のアメリカ人の前には、小山ほどのチップが新規発行された。それを機に連中は、かすかに盛り返すかに見えたのだが、暁の決戦に突入《とりで》すると、ちょうど満潮をむかえた海辺の砂の城塞《じょうさい》のように、四ヵ所のチップの砦は、いつしかちりぢりに崩れさって、葉介の前に引き寄せられ、そこで大きなピラミッドの一部として積み重ねられていった。

葉介が背にした柱時計が七時をうつと、約束どおり、ゲームは終了した。

参加者や観客の眺めている前で、副官は、チップの枚数を慎重に計算してから、手提げ金庫の中身の大半を少しずつ葉介に手渡してくれた。

ヘンリーが大食堂から調達してきてくれた麻袋のなかに、しわくちゃなグリーンのドル紙幣にまじって、真新しい日本の千円札の束や小切手が押しこまれていく。

居残っている観客たちは、呆然と、その袋がはちきれんばかりに膨《ふく》らんでいくのを見守っていた。

エル・ドラドで顔見知りの黒人兵たちも三人ばかり顔をのぞかせていて、全員、すっかり昂奮して、目をギラギラと輝かせている。そして、やたらと葉介の軀のあちこちを叩きまくった。彼らも少額ながら、石川町グループの代表選手である葉介に出資しているのだ。

　ふと気がつくと、ドクが、人混みの陰から手まねきをしていた。麻袋はヘンリーにまかせて、ドクのそばにいくと、そのまま別室に連れていかれて、そこには、閣下と副官が待ち受けていた。

　いつもは、単刀直入に物事を表現するドクが、そのときばかりは、やけに遠まわしに話を切り出してきた。

「おい、八坂。ものは相談だがなあ、閣下は、これから、どうしても、グアムに戻らなければならない。あちらで、空軍との合同演習が行なわれるんだ。それでな、君の都合さえよかったら、もう一晩だけ、つき合ってくれないかと言っておられるんだよ」

「もう一晩って、どこでやるんですか」

「グアムでだよ。君もこれから一緒にグアムまで来てくれないかと、そう仰《おつしや》っているんだよ」

「そんなこと、急に言われても、なにも支度をしてませんし、それに、第一、パスポートがないですよ」

「ふうん、それもそうだな」

「また日を改めてやればいいじゃあないですか。逃げも隠れもしませんからって、そう言ってくださいよ。なんなら、ぼくが、自分で言いましょうか」

「まあ、待てよ」

ドクと閣下が、しばらくのあいだ、話し合いを始めた。早口でよく聞きとれないが、閣下がなにやら命令しているようだ。よほど頭に来ているらしい。もうズボンの折り目を気にする余裕もないし、額には脂汗がにじみ出て、眼の下のたるみが黒ずんでいた。

かたわらの副官は、閣下の大敗がまるで自分のせいであるかのように憔悴《しょうすい》しきっている。

やがて、ドクが肩をすくめながら、葉介のほうに振り返り、慌《あわ》ただしく問いかけてきた。

「八坂。お前さんの血液型は、なんだい？」

「O型ですが」

「いやあ、そうじゃないんだ。ABOじゃあなくて、Rhは、プラスとマイナスの、どちらだい」

「なんですか、それっ」

「よし、わかった。お前の血液型は、Rhのマイナスということにする。よく憶えろよ。ロビン・フッドのR・Hだぞ」

「それが、いったい……」

「まあ、聞け。アメリカ人の二割近くは、Rhマイナスなんだが、どういうわけか、日本人にはこの血液型の持主は珍しくて、百人に一人くらいしかいないんだよ」

「……」

「今、グアム島周辺では、連日、演習が行なわれているが、一部で実弾を使用しているため、重傷者が続出しているんだ。予想以上の人数で、輸血用のストックが品切れ寸前、特にRhマイナスは底をついている」

「……」

「そこでお前さんには、献血のために、緊急に軍用機で飛んでもらうことにする。もし万一なにかあったら、そう釈明しろ。でも多分その心配はなかろう。閣下が、帰りの飛行機も間違いなく手配すると言っているからな」

「ヘンリーも一緒に行けるんですか」

「いやあ、駄目だな。ヘンリーと閣下のことは、お前さんだって知ってるだろうに」

閣下と副官は、じっと葉介の顔を睨《にら》みつけている。

三十秒ほど、うつむいていた葉介は顔をあげ、背筋をのばして、軀を心もち閣下のほうに向けた。

「一つだけ、条件があります」

「なんだい、あらたまって」

「閣下に、やってもらいたいことがあるんですよ」

「やけに強く出たな、言ってみろよ」

「ヘンリーを元どおり中尉に昇等させる書類に、サインしていただきたいんです」

「そんな！」

「お互いに、ブラフのやりっこをしても、仕方がないじゃないですか」

「ううん、何というかな」

「もしサインしてくれたら、麻袋をもって、このまま、飛行機にのるからと、そう言ってくださいよ」

閣下の形相が、凄《すさ》まじいまでに変わった。両眼は、憤怒《ふんぬ》にみちあふれたが、二十分後、副官が、取り揃えた分厚い書類にペンを走らせることになった。

わずかな時間だけ、葉介は、ポールさんと電話で話をした。

「そんな馬鹿な。すぐに戻ってこい！」

と言ってくれたが、その後、電話口に出たドクに押し切られたようだった。

7

ダグラスC－47の堅い金属製の床の上に毛布を五枚ばかりしいて、タキシードの上衣を脱ぎ、すっかり汗ばんだエナメルの靴の内側をぬぐうために、麻袋から抜き出した紙片を詰めこんだ。

そして、世界でいちばん高価な麻袋の上に頭をのせて仮眠したが、枕からは、ジャマイカ産のコーヒー豆の香りが、漂っていた。

驚いたことに、グアムの海軍病院で、葉介は、二度にわたって献血をさせられた。

その後、個室のベッドで、また眠りにふけった。

ゲームは、夕刻から再開され、冷房のきいた大広間で、葉介は、序盤戦を快調にとばした。

けれども、若い葉介は、二つの誤りを犯した。まずレートを二倍にすることを受諾したこと。それから、種目をシンシナティ・スタッドに変更することにも同意したことだった。

しかしながら、本当の敗因は、島で再び顔を合わせた髭《ひげ》男と、ゲームが新ルートに移行する前の小休止のときに、喋りすぎたことかもしれない。

髭男は、立川基地での試合で、葉介以外に勝者となり得たただ一人の人物だったが、コーヒーをすすりながら、顔をつき合わせてみると、乾き切った皮膚をしていて、その肌には、白い傷跡が、顎《あご》、額《ひたい》、手の甲など随所にみられた。

第二次世界大戦末期は、テニアンにいて、素行不良のため、当時も今も陸軍軍医中尉だよと、自嘲めかして、一方的に話しかけてきた。

――よけいなことを喋ってくれたな――と葉介は、内心で舌うちをした。

ここまで、お膳立てがそろってしまえば、葉介の頭のなかは、一人の女性のことで占められてしまうし、どうでも彼の目前に浮かんでくる光景がある。

一九四五年の盛夏、髭面の軍医が配属されていたテニアンから、遠くヒロシマに向かって飛び立ったエノラ・ゲイという名のB29がもたらした、きのこ雲のことであるし、爆心地にほど近いフクヤという百貨店から転落死した父親の訃報を耳にした日から、一週間近く泣きつづけていた母親の姿である。

コーヒーを苦《にが》そうにすすっている髭男と顔を向かい合わせながらも、葉介は、そのことを、おくびにも出さなかった。

黙って席を立つと、気を静めるために、手洗いに入った。

生まれて初めての種目に取り組む前に、丹念に首筋や両の腕をタオルでぬぐった。

そしてタキシードのズボンの隠しポケットから、瓶を取り出した。

鷺山のポールさんの家を出るときにしのばせてきた品である。母親が生前に調香した香水で、葉介のスペルをくずしてキイーヨスと名づけられたものの1／4オンス瓶であった。

鏡に向かい、いくぶん気どって、胸を張り、背筋をのばすと、瓶の蓋《ふた》をひねった。数滴、掌にとり、シャツをはだけて、脇の下に擦り込み、次には、耳たぶの後ろにもと右手を動かしながら、葉介は、慌《あわ》てた。

匂いが立ちこもってこないのだ。

鼻先に瓶の口許をもっていくと、香りは、すっかり抜けていた。

横浜を遠くはなれた異国の軍事施設の手洗いのなかで、葉介は、ただ一人、しばし茫然《ぼうぜん》と立ちすくんだ。

茅ケ崎から横浜、そしてグアム島と、長い道中のあいだに、蓋がゆるんだのだろうかと訝《いぶ》かる葉介の目の前を、一人の日本女性の気落ちした顔が、通り過ぎていった。父親の戦死を知ったとき、幾夜にもわたって、母親がみせた表情であった。

ほんの数秒のことであったが、再度にわたってこんな連想をいだくようでは、八坂葉介の二晩にわたる健闘も、そこまでであった。

ゲームにいちばん肝要な気力に、靄《もや》が、かかってしまったのだ。

シンシナティ・スタッドは、ファイブ・カード・スタッドとほぼ同じ種目だが、ただ一つ異なるのは、一人分よけいにカードが配られることだ。

その五枚のカードは、裏向けにされて、テーブルの中央に置かれる。

各人の手持ちのカードで、四回のベットがすむと、次に中央のカードを一枚ずつオープンしていく。そのカードは、参加者全員に共通のカードとなり、そして、ベッティングも合計九回行なわれる。

葉介は、旧日本軍のように、バンザイ突撃などけっしてやらなかったし、かといって、弱気になったわけでもない。

初心に戻って慎重にゲームを進めていったのだが、敵方は、儲《もう》けの勘定をプール計算にしたらしく、ぐるになって猛攻を開始してきた。

その結果、この種目になってからは、衆寡《しゅうか》敵せず、十字砲火をあびて二時間たらずでパンクした。グリコの看板、つまりお手あげになったのだ。

そして閣下は、約束どおり、小型の軍用機を葉介ただ一人のために仕立ててくれた。

8

タラップを降り立ったとき、温度の変わりようの激しさに、葉介は思わず身ぶるいをして、チェスターフィールドを着こんだ。

薄暗い飛行場を、正面ゲートのほうに向かって歩いていくと、後方から、一筋のライトが射しかけられてきた。

ウィリスのジープ特有のきっちりと焦点の定まったライトだ。思わず立ち止まりかけると、あとを追うようにクラクションが鳴り響き、やがて、すぐ背後から声がかかった。

「お帰り、ヤサカ」

振り向くと、ジープは、早くも葉介のかたわらまで寄りそって来ていて、急停車すると、助手席から、ティノ軍曹が身をのり出すようにして、片手をさしのべてきた。

白い歯が光っている。

「…………」

「話は、すっかり聞いたぜ。グアムの仲間が、中継放送をしてくれてな」

「えっ」

「俺たちゃあ、皆、寝不足さ。お前さんとつき合って、無線にかじりついててさ」

「へえ、じゃあ、みんな知ってるの」

「そりゃあ、そうさ」

「…………」

「お前さんは、大したもんだ。レオンを、あそこまで、追いつめたもんな」

「でも、最後は……」

「いやあ、こっちでも意見がわれたんだぜ、シンシナティを受けちゃうか、それとも、蹴っちゃうかって」

「でも、あの場合、仕方が……」

「いうなって。お前さんは、あれで良かったんだよ。ドクが言ってたぜ。シンシナティで、もし勝ってたら、もう日本に帰れなかったってな」

別の方向から、もう一台のジープが近寄ってきた。

石川町で顔見知りのオクラホマ出身の下士官でインディアンの血が混じっている男であった。

「なんだい、ティノ、あんたが、見つけたのかい」

「そうとも、まっ先に出迎えなくっちゃあ、うちの代表選手だもんな」

「お帰り、ミスター・ヤサカ」

「ありがとう」

「おいっ、これから、まっすぐ、横浜まで送っていくが、どうだい、チェロキー」

「なんだい」

「すっとばして、皆に伝えておけよ、これから、極東ナンバーワンが帰るってな」

「あいよ」

「おい、道中、気をつけろ」

「なに言ってやがる。こっちの科白《せりふ》だよ」

と怒鳴りざま、馬力にものをいわせて遠ざかっていく。

「さあ、ヤサカ、乗りな。凱旋《がいせん》だぜ。お前さん、寒そうだけど、幌《ほろ》はかけないぜ。きょうは、パレードだもんな」

車が八王子をぬけて、橋本にさしかかったとき、前方からやって来たジープが、すれちがいざま、あわててUターンして、後方につき従った。

南町田を通って、横浜に入った頃には、後ろに従う車は、三台になっていた。

おまけに、シド軍曹の42年型プリムスが、いつのまにか、先導車になっているのだ。

鷺山の坂道を登っていくときには、全車が、クラクションを鳴らしはじめた。すると、坂上から、それにこたえるけたたましい音がはね返ってきた。

ポールさんの家の前に着いたとき、葉介は、年相応の少年に戻って、涙ぐんだ。

新たな十台近くのジープが、ライトをつけっぱなしにしてあたりの車道と、車寄せをうめつくしているのだ。

石川町グループ総勢での出迎えである。

葉介が、ジープから降り立つのを見はからって、トロンボーンが鳴りはじめた。

玄関口から、陸軍中尉の軍服を着たヘンリーが、背筋をのばして、トロンボーンを吹きながら、近寄ってきた。

「なんでだよ、みんな、俺は、勝てなかったのに」

葉介が思わず叫ぼうとしたとき、コーラスが始まったのだ。

総勢二十四人の合唱団で、その大半は、黒人兵たちだった。

ウェルカム・ホーム　凄腕の鼠《ハスリング・ラッツォ》
ウェルカム・ホーム　偉大な鼠《グレイト・ラッツォ》
俺たちゃ鼠、まっ黒い鼠
聞いておくれよ　鼠が猫を追いつめた

ウェルカム・ホーム　凄腕の鼠
ウェルカム・ホーム　凄腕の鼠
聞いておくれよ　レオン猫めを追いつめた
ウェルカム・ホーム　偉大な鼠
ウェルカム・ホーム　偉大な鼠

ヘンリーのトロンボーンを伴奏に、ＧＩたちのブルースは、のびやかに、力強く、鷺山の空に広がっていった。

ポールさんも姿を現わしている。

葉介が、思わず走りよっていくと、

「ご苦労さん、八《ハチ》」

ポールさんが、右手をさし出した。

葉介が、頰の涙をぬぐいもせずに、その手を握りしめると、コーラスは終わり、拍手が鳴りひびいた。

「みんなして、お前さんのこと、心配してたんだぞ」

「はい」

「皆、喜んでるんだ。今の唄のとおりだよ。よくぞレオンを追いつめてくれたってな」

「でも……」

「それに、ヘンリーを元の中尉に戻してやったじゃあないか。そう誰にだって出来ることじゃないぜ」

「はい」

「よくやったぞ。思い残すことはあるまい、えっ、どうだ」

「………」

言葉を口にするよりも早く、葉介は、首を横に振った。

「どうした、なんだ」

「皆さんに、渡すものがあります」

「えっ」

「みんな、こっちに集まってよ」

コートをポールさんに返してから、葉介は、身をかがめて、エナメルの靴をぬいだ。右の靴にしのばせた汗くさい十枚の千ドル札のうち、五枚を、ヘンリーに手渡すと、元軍曹は、むっとした顔つきをした。

「おい、オウチョ、お前、やり過ぎだよ」

左の靴から取り出したしわくちゃな札を引きのばして、先ほどの残りの五枚とあわせて、一万ドルにして、ポールさんに渡すと、やっと事情がわかった周囲のGIたちが、どっとはしゃぎ立て、また鼠《ねずみ》のコーラスが始まった。

その夜おそく、やっと二人きりになったとき、一万ドルをあらためてテーブルの上に置いたポールさんは、

「八。お前は、ずいぶんと義理がたいな。グアムに本当に連れて行かれたと聞いたときには、こんなゼニ、あきらめていたんだよ」

と、言いながらも、キチンと貸しは貸しとして、受け取り直してくれた。

「律義《りちぎ》なだけが、お前さんの身上かもしれんなあ。若いうちはいいが、年をとるとわりを喰うぜ」

立川の基地でのような僥倖《ぎょうこう》は、人の一生のあいだに、そう何度でも訪れるものではないことを、八坂葉介がしみじみと痛感するには、それから、かなりの年月を要した。

ただ、その後、折にふれて他人から血液型を訊ねられたときだけは、妙に擽《くすぐ》ったそうな表情をするようになった。

余談になるが、J・J・ジョンソンは、帰国後、二年半のあいだ、第一線から退き、ろくな演奏活動を行なわなかったが、一九五四年の夏になると、2トロンボーン・チームを組んで再出発をした。そして見事な成果をあげ、一九五五年以降、ダウン・ビート誌批評家投票での首位の座を独占しつづけている。

鷺山でのヘンリーとのデュオが、その新活動の端緒になったのではないかと、葉介は、J・Jの名を耳にするたびに、感慨を新たにしている。

a love letter fo

第四章

ジェームス山《やま》の李《り》蘭《らん》

Li La

1

立川のジョンソン基地の将校クラブから、グアム島にかけての一万ドルパーティで善戦した八坂葉介は、帰国後も、鷺山のポール・マキウチの家で、ハウスボーイとして暮らしていた。

日系二世の米軍将校と二人きりでの共同生活は、従来とさし変わりはしなかったが、葉介自身の私生活には、多少の変化が生じていた。

かつて、あれほど打ち込んだポーカーと、ぷっつり縁を切ってしまったのだ。

日頃から兄事《けいじ》していたヘンリー中尉が、勝負ごとから足を洗ったことに引きずられたせいもあるが、テーブルの上でのカードのやりとりが、摑《つか》みどころのない、神経をすり減らすばかりの遊びに思えてきて、カードに触れただけで、一種の疲労感をおぼえるようになったのである。

ヘンリー中尉は、アルコール類からも遠ざかってしまったけれど、葉介の場合、これぱかりは真似をするわけにはいかなかった。

それというのも、アル中に近いポールさんと一緒に暮らしているので、グアム島からの帰国後も、連日、晩酌の相手をつとめさせられていたからだ。

おかげで葉介の酒量も相当なものになって、今では、御主人と二人して、毎夜、ボトル一本は必ずあけるまでになっていた。

夏場だけは、さすがに軀にこたえたのか、ポールさんは、たまにビールで喉を潤《うるお》したこともあったが、季節が変わって涼しくなると、またウイスキーのソーダ割りに戻っていたのであった。

初秋のある日、葉介は、御主人から、東京まで買物を頼まれた。

昼前に桜木町の駅から大宮行の省線電車に乗りこんだが、指折り数えてみると、東京に出るのは、かなり久しぶりのことだった。

加奈子さんとの何度かのデートや、赤坂の山王ホテルで行なわれた日米合作映画のオーディションなどは、ほんの二年前のことなのに、はるか昔の出来ごとのように思えてならなかった。

その日の行先は、まず京橋の明治屋で、ここでは、フランスのシャンパンを二壜、買い込むように言われていた。

明治屋の売場で、応対に出てきた女店員にポールさんの名前を告げると、かわりに現われた主任らしい男が、やたら丁寧な言葉づかいで、きちんと包装ずみのものを二壜、すぐさま手渡してくれたが、代金はすこぶる高価であった。

その足で銀座まで歩いて、ポールさんが描いてくれた地図をたよりに、並木通りにあるケテルスを探しあて、ここではリオンナーというソーセージを一本まるごと買い込んだが、これも相当なお値段だった。

その日は、ポールさんの四十回目の誕生日にあたるらしく、夜、居間の円卓に、葉介も四十男と差し向かいで坐らされることになった。

あまり音をたてずにドム・ペリニョンを抜いて、チューリップ状のグラスに葉介の分まで注いでくれながら、

「おい、八《ハチ》。お前も元服はとうにすんだ年頃だから、今夜は存分に呑んでいいぞ。無《ぶ》礼講《れいこう》だよ」

と、ポールさんは、並みの日本人よりも古めかしい日本語を口にした。

横浜の鷺山の中腹にあるポールさんの家でひらかれた二人だけの晩餐会《ばんさんかい》の献立は、まず海老と帆立貝のテリーヌ、しめじの炒めもの、蟹《かに》肉入りサラダ、それに生肉のタータル・ステーキだった。

これはすべて葉介が下準備して、ポールさんが仕上げたものばかりだったが、どの料理もシャンパンと馴染《なじ》むので、葉介のピッチも上がり、たちまち二本目があけられることになった。

いつになく寛《くつろ》いでいるポールさんは、あまり生肉が得意ではない葉介が、タータル・ステーキを持てあましているのを目にすると、さっと腰を上げ、冷蔵庫からケテルスのリオンナーを取り出した。

そのソーセージを玉葱《たまねぎ》と一緒に刻んでフライパンにぶちこんで、強火でサッとバター炒めしてから、パラパラと塩胡椒《しおこしょう》で味つけをすると、大皿に盛りつけまでしてくれた。

まことに手際のいい鮮やかなコックぶりで、出来あがるまでに、ものの五分とはからなかった。ところが、この名も知れぬ手料理が、なんとも旨《うま》いのだ。

「そのソーセージはな、防腐剤を使ってないから、うまいはずだよ。どうだい、一味《ひとあじ》ちがうだろう」

と、その夜は、ふだんの五倍くらいよく喋るポールさんは、片時もグラスを手放さずに、なにかと葉介に話しかけてきた。

「おい、八。あと二年もすりゃあ、俺は除隊になるんだよ。そうなったら、お前、どうだい、一緒にアメリカに来ないか」

などと、言ってくれたりした。

話が一段落したところで、葉介が、後片づけを始めようとすると、

「そんなことは、あとにしろ。それよりこっちに来て、もっとつき合えよ」

片隅の皮張りのソファを指さして、シャンパンの残りを葉介に押しつけると、自分は、おきまりのオールドパーのソーダ割りに取りかかった。

いつものことだが、ウイスキーなどのアルコール分が軀の隅々にまでいきわたると、ポールさんは無口になり、そのかわり眼光が異様に鋭くなってくる。そして、ときどき、眼鏡をはずして、額に手をあてたまま、じっと天井を仰いだりするのだ。

その夜も、同じ仕種を始めたが、かといって別段、葉介をうるさがって別室に追っ払うこともなく、折にふれて、自分の聴きたいレコードのタイトルを口にしては、プレーヤーにかける曲の順番を指示したりした。

音楽に触発されてポールさんの頭のなかには何が去来するのか、その夜、かけられたレコードは、ブラームスの四番からバッド・シャンクのアルトサックスにとんで、次はサマータイムのヒット曲のメドレーになったりした。

葉介としては、ジャズがかかると、どうしてもヘンリーのことを思い出してしまう。酔いが深まるにつれて、ますます寡黙《かもく》になっていくポールさんを相手にすると、なかなか切り出しにくかったが、曲のかわり目に、思いきって訊ねてみた。

「ねえ、ポールさん。あの人はどうしてるのですかね、ちっとも顔を出さないじゃないですか、ヘンリー中尉は……」

「おや、なんだい、急に。あいつのことなら大丈夫だ、元気でやってるよ」

御主人は、気楽に答えてくれた。

「そうですか、だったら今夜なんか呼べばよかったじゃないですか、ドクと一緒に」

とたんに、ポールさんの顔つきが厳しくなった。

「ドクは駄目だよ、もうここに出入りするなって、野郎には言ってやったんだ。俺は、大人がいいばかりで、肩書に弱く、相手かまわず尻尾《しっぽ》をふるような節操のない男は、大嫌いなんだよ。……野郎が、グアムのレオンにあんなにべったりだとは思わなかったぜ。見損なったよ」

「じゃあ、中尉だけでも」

「いや、いいんだ。しばらく構わないでおいてやれ。……時間がかかるんだよ、あいつの軀から、これまでの毒気が抜けるにはな。それに、あいつを本当に助けられるのは、あいつだけさ。聖書《バイブル》に書いてあるとおりだよ。まあ、当分ひとりにしておけばいいんだよ」

ポールさんには、妙にストイックなところがあって、かなり厳格に自分の私生活を律していたが、その夜の誕生日の酒も、いつものとおりに十二時すぎにはお積《つ》もりとなった。

翌日の昼すぎ、中華街の赤門のそばにある馴染みの中国人の店で、葉介が、ピータンや水母《くらげ》などを買い込んでいると、往年の不良仲間の浜村に出遭った。

この男が、セント・ジルチを卒業してからも、いまだに暗黒街の組織とは縁が切れないまま、家業の手伝いもせずに、組の使い走りのようなことをしているという噂は、葉介も風の便りで耳にしていた。

その浜村が、葉介の顔を見るなり、急におどけた表情をつくり駆け寄ってきて、声を弾ませ話しかけてきた。

「おい、八坂。しばらくだな、元気かい?」

「ああ、どうやらな」

「そうかい、それで、あんた、今、二世のマキウチさんの家にいるんだってな」

「それがどうしたい」

と、葉介が答えると、浜村は、目を細めてやけに深刻そうな顔つきをした。両手を合わせて、葉介のことを拝む手つきをしながら、貧しい口許を歪《ゆが》ませて、何度も同じ言葉を繰り返した。

「悪いけど、ちょっと、おやじのところまでつき合ってくれや」

浜村が、おやじと言えば、組長のことだろうが、その人物は、県下一円では相当な大物として通っていた。

これまた風の便りで耳にした話だが、その組長は、業界では珍しいほどの身内思いらしく、池田さんは組の出入りでもないことで死んでしまったのに、その後始末をきちんとやってくれたばかりか、残された家族や店の心配までしてくれているらしい。

曙町まで連れていかれた葉介が、買物籠を抱えたまま、事務所の二階に上がると、そこに大親分がいた。

浜村や、その場にいた見るからに筋者らしい兄貴分連中と、雁首《がんくび》をそろえて、なにやらひそひそと内緒話をしていたが、やがて、赭《あか》ら顔の親分が大声を張りあげて、立ち上がった。

「まあ、どうぞ、こちらへ。うちの池田が、生前はいろいろとお世話になったそうで」

奥の肘かけ椅子に坐らせられて、それから長々と話しこまれたのだが、用件というのは、簡単なことだった。

欅《けやき》の一枚板の机の上に、百円札の束を積み上げ、それを手土産がわりにして、ポールさんに頼みごとをしてくれというのであった。

本牧の米軍キャンプの拡張計画の工事が、親分の息がかかっている地元の建設会社に指名されるように口添えをしてほしいという内容だった。

なんでもポールさんは、その手の工事の発注権を掌握《しょうあく》している実力者らしい。

そのあたりの実状には、親分のほうが、はるかに精通していた。

相手側は、四人がかりで強引に、その場で、札束とあわせて頼みごとを押しつけようとしてきたが、葉介は、精一杯、抵抗をした。

結局、一応は預かっておきますが、主人の意向はわかりませんよと、慇懃《いんぎん》に断わりを入れて、事務所を出ることになった。

札束を家鴨《あひる》の卵などと一緒に買物籠に押しこんで帰路についたのだが、鷺山の中腹までの長い道のりを、ずっとつき従ってきた浜村は、

「なあ、頼むよ、うまくやってくれよな」

目を血走らせて、意気ごんでいた。


その夜、ポールさんが本格的に呑みはじめる前に、昼間の話をして、包装紙にくるんだ札束を持ち出すと、御主人は、とたんにキッとした顔つきになり、中身をあらためながら、

「その親分は、お前の友だちか？」

と、問いかけてきた。

池田さんとの縁を考えれば、ちがうとは言えなかった。故人にとって渡世上のオヤジであった以上、葉介にとっても他人ではない。

しばらく間をおいて、葉介は、きっぱりと答えた。

「はいっ、そうです」

その返答を耳にすると、ポールさんは、手帳を取り出し、話の要点を書きとめてから、

「お前さんの友だちならいいよ、その金は返してこい」

薄汚れた札束を顎でしゃくると、そのままウイスキーのグラスに手をのばした。

翌日、組の事務所で葉介の話を聞いた大親分は、相好を崩して喜んで、いったん出した金は引き取れないから、ぜひともマキウチさんに収《おさ》めてもらってくれと、関係者双方とも頑固な大物ばかりだった。

包紙みを手にして、葉介が表に出ると、まだ大物になる修業中の浜村が、黙ってついてきた。

見るからに卑屈そうな物腰になっているので、若々しかった彼の往時を思い出して、腹立たしいと同時に情けない気持ちになった葉介が、紙包みをやぶって札束の一部を摑み出して、

「ほらっ、これ、やるよ」

と手渡してやると、浜村は、あさましいことに、その場に土下座をした。

葉介が、無理やり立ち上がらせたが、浜村は、額に泥をつけたまま、歯を剝き出しにして、舌なめずりせんばかりの表情をしていた。その顔つきには、セント・ジルチの中等部で、四人組のメンバーとして活躍した頃の少年らしさは、どこにも残ってはいなかった。

夕暮れどき、帰宅直後のポールさんに、残りの札束を差し出すと、今度は別に断わりもせずに受け取って、

「お前さんは、相変わらず堅いな。少しは巧《うま》く立ちまわったっていいんだぜ」

御主人は、珍しく笑顔をみせて、葉介の肩口を叩くのだった。

2

そんなある日、いつものように軍服姿で出かけたポールさんが、小一時間と経たないうちに戻ってきて、そのまま慌《あわ》ただしく居間に駆けこんでいった。

葉介があとを追うと、ポールさんは、居間の机の抽斗《ひきだし》から軍用拳銃を取り出している。その青白い顔の膚《はだ》には、狼狽《ろうばい》と憤怒《ふんぬ》の入りまじった模様が刷《は》かれていて、日頃、葉介に見せる静謐《せいひつ》のまなざしは、なかった。

相手の肩ごしに、葉介が、事情を問いただすと、ポールさんは振り返りもせずに、恐ろしいことを口にした。

上司の大佐がポールさんのことを上層部に中傷しているので、これから乗りこんでいって射殺するというのだ。

内心ではかなり動揺した葉介が、それでも気を取り直してキッチンに行き、酒の支度をして居間に戻ると、ポールさんは、まだ拳銃を見つめていた。

何も言わずに葉介が、ボトルやグラスをのせたお盆《ぼん》を、そっと机の上に置くと、御主人は、ウイスキーを生《き》のまま、グラスに三分の一ほど、一気《いっき》に呑みほした。

しばらく間《ま》をおいて、大きく息を吐きながら、

「おい、八坂。俺はこれから脱走するが、どうだ、お前もついて来るか？」

と、両眼をギラギラさせて問いかけてきた。

すかさず葉介が、

「ハイッ、お伴します」

淀《よど》みなく答えると、ポールさんは、やっと手にしていた拳銃を抽斗に戻してくれて、今度は、すぐに支度をしろと言い出した。

葉介が、まず御主人の下着などを整理していると、もはや脱走することに完全に頭を切り替えたのか、ポールさんは、声高《こわだか》に笑いながら、

「そんなものはいいから、鞄に詰められるだけ、金を入れろ」

と指図して、自分は、抽斗のなかの手帳や書類の焼却に取りかかった。

それから半時間あまり、葉介は、スーツケースやボストンバッグ、それに買物籠など合計五個に、納戸にある大金庫のなかのお金を出来るだけ詰めこんだ。

小額紙幣はそのままにして、なるべく十ドル以上のグリーンの札と、千円札だけを選び分けた。

自分の荷物としては、万能ナイフと池田さんの形見のオイルライターをポケットに押しこんだくらいで、ほかのものには、手をつけなかった。

加奈子さんの作ってくれたタキシードなどの衣類や、亡父の蔵書であった「ファーブルの昆虫記」など、いっさいを置いていかざるを得なかったのだ。

母親が愛用していた革鞄も、旧式で嵩張《かさば》るばかりなので、持ってはいけない。擦《す》り切れて滑《なめ》らかさを失った表皮を、二度、三度と、やさしく叩いて、別れの挨拶とした。

大型冷蔵庫のなかの食糧で、氷なしで長持ちするものだけをバスケットに取り集めると、二人が両手にした鞄類以外の家財は、すべて置きざりにした。

ポールさんの指示で、玄関と勝手口のドアに施錠《ロック》もしないまま、表のスチュードベーカーに乗りこんだ。

最初の目的地は、熱海だった。

けれども、途中で、ポールさんは、本格的な逃走を決意したのか、予定を変更して、ガソリンばかり喰うアメ車《しゃ》を、小田原の駅前で乗りすてにした。

改札口をくぐると、東海道線の鈍行列車を二度にわたって乗り継いで、一路《いちろ》、関西に向かったのだ。

その春先にポールさんが入手していた須磨《すま》の別荘に辿《たど》り着いたのは、翌日の夕刻だったが、それ以来、別荘とは名ばかりの木造の古びた一軒家での長い逃亡生活を開始したのであった。

やっとのことで到着した丘の上の建物は、空き巣ねらいに、内部のものを、相当量、盗まれていたが、寝袋や食器類は残っていたし、雨露は完全にしのげたので、この木造の小屋に、大の男が二人、世間の目を忍んで逼塞《ひっそく》することになった。

新しい住《す》まいの環境は、厳しかった。

日ましにきびしい寒さがつのる季節なのに、水道の蛇口からわずかに水滴がしたたり落ちるだけで、電気やガスの供給は、絶《た》たれていたからだ。

現金だけは、それこそ、並みの人間の一生では使えきれないほどあったので、自家発電の装置やガスボンベなど買い込むことは出来たのだけれども、二人の置かれた状況が、それを許さなかった。

人目をはばかる潜伏中の身であるため、周囲に人家がまばらであるとはいえ、明かりは灯《とも》せないし、料理を煮炊きする白煙も立てられないのだ。

ポールさんは、小屋から一歩も外に出ようとはしないので、食料品や日用品の買出しは、横浜の頃と同じように、葉介の担当となった。

日の出とともに小屋を出て、二時間ばかり歩いてから、なるべく人だかりのしている商店街で、牛肉の大和煮や練乳などの缶詰、玄米パンやコッペパン、小魚の佃煮、それに生野菜や果物などを、抱えられるだけ買い込むと、最寄《もよ》りの三本立ての映画館で日中の時間をつぶし、日没とともに丘の上に舞い戻る作業を、四、五日に一度の割で繰り返し行なうことにした。

そのうち、土地鑑のついた葉介は、しだいに繁華街の中心にまで足をのばして、ポールさんのために、国産のウイスキーまで仕入れてきたりした。

須磨での生活も最初のうちは、ピクニックの延長ぐらいに考えて、葉介としては、ときには楽しんでいたりしたのだが、脱走兵であるポールさんにとっては、日ましに、不吉な予感が、心につのってきたようであった。

日中は、酒びたりの状態であったが、明け方など、葉介相手に、まったく他愛のない四方《よも》山話《やまばなし》に興じることもあった。

そんなことでも、ポールさんには、気晴らしになるようだった。

そうした折に、聞いた話によれば、その別荘は、神戸に駐留していた米軍の将校が狩猟道楽のために建てさせたものらしい。

けれども、その将校がご多分にもれず博打好きで、ポーカーの勝負での大敗の折に手放してからは、所有者が転々として、あげくの果てに、手垢《てあか》で汚れた権利書が、横浜にまで流れてきたそうだ。

ポールさんは、同僚に対するわずかな貸金の担保として、無理やり、擦《す》りきれた権利書を預けられたのだが、その相手は、朝鮮半島で戦死してしまったという。

そんな顛末《てんまつ》だから、別荘とポールさんを結びつけて考える人物は存在しないだろうということであったが、そのあたりの判断についても、しだいに不安でならなくなったらしい。

住みついて二ヵ月ばかり経った頃、ポールさんの発案で、別荘の入口の脇にある小部屋が見張り場所となり、そこには、葉介が古道具屋で見つけてきた双眼鏡を常備して、日中は交替で警戒にあたることになった。

見張りに立っても、暗闇のなかに、遠くの人家の灯火《ともしび》しか見えない夜間などは、風のたてる物音が、警官やＭＰの足音ではないかと怯えることもあったが、それ以外で辛いことといえば、風呂に入れぬことと、温かい料理を口に出来ないことなどであった。

寒さは、どうにか凌《しの》げた。

買物に出かけるか、見張りや手洗いに立つとき以外は、二人とも寝袋に入りこんで、部屋のなかで芋虫のようにころがり、首だけ出していたからだ。

抑圧された日々を送っているせいもあり、ポールさんの頼みや、葉介の独断で、現金で買えるものなら、なんでも取り揃えたが、なかには、ずいぶんとくだらない品物まであった。

列車の時刻表、古本屋で購入したアメリカのペイパーバック、新刊のリーダーズ・ダイジェストなどの雑誌類のほかに、本職の床屋さんが使用する剃刀やハサミのセット、毛抜き、ハンモック、コリント・ゲーム、百人一首、地球儀、昆虫図鑑、木琴、けん玉、ヨーヨー、大工道具、花札、六法全書などである。

町に下りたときの巷《ちまた》の気配で、新年が迫ったことを察知した葉介は、大福餅、鮭缶、紅白の蒲鉾《かまぼこ》、煮豆、昆布巻きなどを、しこたま買い込んできて、せめてもの正月用の支度にしたりした。

異変は、突然に起こった。

新年を迎えて一週間ほど経った頃、丘の上の別荘の見張り部屋から、葉介が双眼鏡で下界を眺めていると、麓のほうから、二台のジープがやって来たのだ。

付近には人家はないので、ジープの目的地は、丘の上のその別荘しか考えられない。

裏山伝いに、それぞれ両手一杯のトランクなどを抱え、軀中泥だらけになりながらも一目散に駆け出して、再び、必死の逃亡を開始した。

そして、こうなってしまった以上、本気で隠れるなら人混みのなかのほうが良いという、諜報部の将校だったこともあるポールさんの意見に従って、三宮《さんのみや》に出ることになったのだ。

三宮では、若狭《わかさ》屋という戦前からの古い屋号をもつ木造三階建ての旅館に、商用の長期滞在客として前金で部屋をとり、実に三ヵ月ぶりで風呂に入り、温かい味噌汁、焼き魚、そして米の飯にありつけたのであった。

その日以来、どうせいつかは捕まるものと覚悟したのか、ポールさんは、毎夜、スーツケースなどから取り出した新品の千円札で、十万円の束をつくり、それを二人のポケットに二つずつ、合計四十万円を懐にして、夜の神戸の一流処《どころ》を選んでは呑み歩くようになった。

須磨の別荘で、二人だけでの軟禁状態に近い暮らしを送ったあいだ、折にふれて聞いた話によれば、ポールさんも、若い頃には、人並み以上の女道楽をしたことがあるらしい。けれども、しょせん、女は、煩《わずら》わしいとの結論に達したということだ。

鷺山の家での生活ぶりと照らし合わせてみても、たしかに女性なしで暮らせる軀になっているようであった。

それに加えて、寄る年波と環境の激変もあってか、長い逃避行のあとでも、まったく女性に興味を示さなかった。

そんなポールさんには、酒場やクラブでの勘定のときになって、十万円の封をパチンと音をたてて切るのが痛快なだけのようで、若狭屋を出てから都合四軒の店に顔を出し、あわせて四つの封を切ってしまうと、また宿の部屋に戻り、翌日のために札束をつくり直すのだった。

不能《インポ》に近い四十男と軀ばかりが大きい少年が、いくら豪遊を繰り返しても、勘定の高はしれていたので、ポケットの中身のほうは、出陣するときの五分の一も減りはしなかった。

そのうち、ポールさんには、毎夜呑み歩くことにも飽きてしまったらしく、こんなことならいっそのこと自分たちで店でもやろうかと、宿の女将《おかみ》に、相談をもちかけた。金に糸目をつけないから、どこかによい出物《でもの》はないだろうかと切り出したのだが、相手は即座に乗り出してきて、そんな話なら、ここを売りますわよということになった。

結局、ボストンバッグ二個分の現金で話がまとまり、とたんに見違えるほど若返ってさばさばした表情になった女将は、従業員に退職金をはずむと、郵便貯金の通帳を胴巻きにしのばせて、いそいそと故郷の若狭に帰っていった。

建物の一階だけに大工を入れて、短期間のうちに酒場に改造し、長逗留のあいだの放蕩《ほうとう》で、顔馴染みになっていた女たちのなかから気心の知れた連中に、倍の給料で声をかけてみた。

ありがたいことに、噂は、たちまち広まって、当時、神戸の夜の世界では一流と呼ばれた女給たちが、なんと三十人近く集まってきた。

そのなかから十五人を厳選して採用し、什器備品のほか酒肴を潤沢《じゅんたく》に仕入れ、街角の輪《りん》タクやタクシーの運転手には葉介が話をつけて、上客を乗せてくれれば、料金を倍にして払うことにしたら、開店一週間後から店は大盛況となり、客足が跡絶《とだ》えることはなかった。

開業してほどなくは、地廻りやチンピラたちが小遣い稼ぎにむらがってきたが、その手合いは、店の物陰に呼び入れてポールさんがもっぱら応対し、流暢《りゅうちょう》な米語でまくしたて、どえらい権力をもった日系二世であることを誇示したあげく、逆に相手をどやしつけたのであった。

店の名前は、ポールさんが名づけて「クラブ・ドミノ」となった。

経営がほぼ軌道に乗り、店が立て込みはじめると、ポールさんはキッチンに入りびたりとなり、ウイスキーを啜《すす》りながら、客へのお摘《つ》まみに出す小料理をつくる役目を、自《みず》ら担当した。

葉介は、バーテンダーとしてカウンターのなかにいて、胡散《うさん》くさい客が来ると追い出すし、警官やMPなど妙な奴《やつ》が覗くとブザーを押して、台所にいるポールさんに知らせる即応態勢をととのえた。

そのブザーが鳴ると、今はコックに身を窶《やつ》している脱走兵は、裏口から抜け出して、しばらくのあいだ、付近に身を隠すことになったのだ。

一ヵ月も経って、店が連日繁昌するのが当然のようになると、ポールさんは、ドミノの全員に大盤振舞いすることを決めた。

つまり、毎日の売上げから翌日の仕入れ分と女の子たちの日給に振り当てた残りがあまりに多いと、その金を従業員に再分配してやることにしたのだ。

この新制度による支払いが始まると、お金がなにより好きな女たちはとても喜んで、なかには一生この店で働きたいと真顔《まがお》で言い出す子もいた。傭《やと》われママとなった杏子などは、

「おかげで、貯金がふえるわ」

あからさまに嬉しさを表現したあと、若い女の子を集めては、

「うちもずいぶん長いこと、この世界で働いてるけど、こんなに気分のいい店はないわよ」

と言いきかせて、腹心の女給ともども、目一杯、仕事に精を出してくれるようになった。

3

そんなドミノにある夕方、顔をのぞかせたのが杏子の幼馴染みの李蘭だった。買物で近所まで来たので、ついでに杏子の近況を見に立ち寄ったらしい。そんな様子であった。

焦茶のテイラード・スーツを男っぽく着こなし、髪はひっつめにして、とてもいい感じで、そのまま横浜《ハマ》でジルバでも踊らせたい雰囲気がたちこめていた。

ドミノに入ってくるなり、しばらく店のなかを見まわしてから、つかつかと、葉介のところまでやって来て、杏子の居場所を訊ねた。

杏子が奥の部屋で化粧をしていることを教えてやると、品のよい会釈《えしゃく》をしてから、再び葉介のほうに顔を向けて、さも不思議そうに声をかけてきた。

「ねえ、あなたは、本当のバーテンダーじゃないんでしょ」

初対面の若者に小癪《こしゃく》な科白《せりふ》をあびせるなり、そのまま、くるりと背中を見せて奥に入りこんでいったが、その後ろ姿を眺めて、葉介は、初めて、相手が片腕であることに気づき、発作に襲われたように身震いがした。

自分よりはるかに年上の女に、猛然と、いとおしいという気持ちを抱いたのだ。

当の相手は、ドミノの片隅のボックスに座りこみ、しばらく杏子と世間話をしているようであったが、そのうち、カウンターのなかでグラス磨きをしている葉介のほうにしげしげと目を向けて、しきりに気どり始めた。

子供の時分から、異性のそんな態度には慣れっこになっている葉介が、いつもの手でわざと澄ましこんでいると、相手は、まじまじとその大きな目を瞠《みは》って、こちらを見つめていた。

杏子の知り合いなら、ふだんは、飲み物のサービスくらいはするのだが、その日は妙に気おくれがして、二人のそばに行くきっかけがつかめなかった。

それでもなんとかお近づきになりたいものだと、葉介が機会をうかがっていたら、相手は、従軍看護婦がぶらさげるようなショルダーバッグから煙草を取り出したので、すかさずカウンターを出て、池田さんの形見のダンヒルのオイルライターを差し出した。

「あらっ、ありがとう」

との声が、すぐに、はね返ってきたが、しばらく間をおいて、

「でも悪いけど、私、このにおい嫌いなの。憶えておいてね」

と、軽くあしらわれてしまった。

李蘭と二度目に会ったのは、それから数日後のことであった。

前日の夜、店が終わってからポールさんの酒の相手をさせられて、いささかグロッキーだった葉介が、昼すぎに起きてから階下に降り立ってみると、カウンターで女性が二人、ひそひそ話の最中で、近寄ってみると、それは杏子と李蘭だった。

白日《はくじつ》の下での杏子の化粧を落とした顔は、黒びかりしていて、両目だけが異常に光っていた。それにくらべて、その日も素顔の李蘭のほうは、フランスの水兵が着るような横縞のジャージーのシャツに黒いトッパーコートをはおり、濃いグレイのスラックス姿なのに、妙に色っぽかった。

とりわけヒップがいいのだ。日本人の女性みたいに幅だけでなく厚みも充分あり、しかも、もっとも重要なことだが、その位置が高かった。

葉介は、二人に向かって、軽くうなずいてから、カウンターに入りこんだ。

冷蔵庫から取り出したリビーのグレープフルーツ・ジュースを三つのグラスに注いで、そのうち二つを女たちに手渡すと、片方が、嗄《しわが》れ声で、

「あらっ、葉ちゃん、すまないわね」

残りの一人は、

「ありがとう」

と、澄みきったアルトだったが、なんともそっけないトーンで、取りつくしまがなかった。

頭のなかが、深酒のせいで未だに鳴り響いているので、葉介が、カウンターの内側のスツールに坐りこみ、うずくまっていると、女たちは勝手に話を続けていた。

「それがね、出てくる役者が、カーク・ダグラス以外は、こっちではほとんど無名なんだけど、全員とても達者なのよ。きっと舞台の連中ね。あなたの好きなエリナー・パーカーなんて、まるで目立っちゃうわよ。悪いけどあの人、大根でしょう。だから、すっかり浮き上がってしまって」

と、アルトが喋れば、

「そうね、あの人は綺麗《きれい》なだけの人だからねえ。妙に芸術づかなきゃあいいのに」

と、嗄れ声が答えていた。

「それから刑事を射つ変質者をやる役者がいいのよ。ジョセフ・ワイズマンといってね、見るからに薄情そうな感じだから、多分、あなたの好みの男優だと思うわよ」

「へえ、うちも、行ってみようかしら」

「そうよ。たまには息抜きでもしたらどうなの。なんでも原作は舞台劇らしいけど、作者は、なんとかいったわね……」

と、話はとりとめもなかった。

そのうち、杏子が声を張り上げて、注文をつけた。

「ねえ、葉ちゃん。お願いっ、ジンをちょっと垂《た》らしてよ」

「あら、あなた。今時分から大丈夫なの。これから一緒にお買物の約束でしょ」

「いいのよ、いいの」

葉介が手渡したボトルからドクドクと自分のグラスにジンを注ぎたして、マドラーでかき混ぜながら、

「はいっ、即席のソルティ・ドッグ一丁上がりィ。ねえ、李蘭、あなたもどう」

杏子は一人ではしゃぎ始めた。

二日酔いで、つい先刻まで唸《うな》っていた葉介であったが、久しぶりでの懐かしい映画の話に心が弾んでくるのを抑えようがなかった。

ツボルグの小壜をあけて、喉をうるおしてから、李蘭のそばに行き、声をかけた。

「原作者は、シドニー・キングスレイって人ですよ、探偵物語でしょう。芝居は、ブロードウェイでずいぶんとロングランしたらしいですね」

かたわらで杏子は、唖然としていたが、

「あらっ、よくご存知だこと」

と、李蘭は、一瞬、不思議そうな顔をして、しばらく間をおいてから、ぽつりと継ぎたした。

「どうやら私、誤解していたみたいね。本当に、人は見かけによらないわ」

冴《さ》えざえとした大きな眼にかすかな笑みを浮かべながら、さらに小声で、

「私ったら、てっきり夜イキテ昼フス二人組の片割れだと思っていたのよ」

と、むつかしいことを口走った。

今度は、葉介が問い返す番であった。

自分が口にした科白のなかの、二人組の形容句は、中国の戦国策の言葉で、正式には、「夜行きて昼伏す」つまり、昼間は人目をしのんで、夜にだけ行動することを指すのだと、李蘭は、本場の筆跡でわざわざ紙に書いて教えてくれた。

杏子が多少は何かを喋ったのだろうが、それにしても、わずかばかりのあいだに相手に細かいところまで観察されているのだ。

ドミノの雰囲気が気に入ったのか、李蘭は、それからも、まめに顔を出すようになり、ときには長いことカウンターに坐って、杏子の奢《おご》りで酒を口にするようになった。

けれども、葉介と李蘭の仲は、なかなか進展しなかった。

せっかく、李蘭が店にやって来て、その端正な顔を目の前にしても、葉介は、気軽に彼女との会話を楽しむというわけにはいかなかったからだ。

なんせ店は、いつも立て込んでいたのだ。

ドミノの客のなかには、酒の味にうるさい外人客も少なくなく、なかでも佐官クラ

スの国連軍将校などは、マティーニ一杯にしても、ことさら七面倒くさい配合《ミックス》の条件をつけるのだった。

そんな注文をこまめにさばいて、きびきびと立ち働く年若いバーテンダーの動きを見守りながら、李蘭は、時折、仕事が一段落すると、その合間を見はからったように、映画の話などを、小声で喋りかけてくるのであった。

「ねえ、ちょっと、葉ちゃん。あの人、あんたに気があるのよ。たまには食事にでも行ったらどうなの」

と最初に言ったのは杏子だが、キッチンの物陰からいつのまに覗いているのか、ポールさんまでが、

「おい、八。あのリランって人な、あれ、なかなか良い感じだよ。お前さんには、あれぐらい年上のほうがいいかもしれんな」

と、まるで嗾《けしか》けるみたいに、そっとささやく始末だった。

春一番の吹きすさぶ夕暮れどき、両手に買物籠をかかえて、仕入れから戻ってきた葉介が、店のドアをあけると、女の子たちをはじめとして杏子まで、顔色が蒼《あお》くなっていた。

先刻、ＭＰが五人ばかり、突如として現われて、ポールさんを連行していったとい

うのだ。

慌てふためいた葉介は、店を杏子にまかせて、狭い神戸の街で、アメリカ兵の匂いのする場所を選んで駆けずりまわった。

四日後、オリエンタル・ホテルの裏手にある米軍関係の施設にポールさんが拘留されていることがわかり、無理やり入りこんだ葉介は、強硬に談判《だんぱん》を開始した。

その結果、二時間ほど待たされたあとで、ポールさんと同じ日系二世である弁護人と話し合うことが出来た。

公金横領の疑いのある脱走兵であるというのが逮捕の第一の理由であったが、これに対してポールさんは、長期休暇中の身であり、所持していた多額の現金はポーカーの勝負での勝ち金であるなどと申し立て、法廷に出ても身のあかしを立ててみせると執拗に主張しつづけているらしかった。

その後、元ハウスボーイの葉介も、何度か神戸の米軍司令部に召喚されたけれども、最終的に、身柄を引き立てられたのは、ポールさんだけで、ボストンバッグなどに入ったドル紙幣はそっくり没収されたものの、残りの日本円、それにドミノの建物と営業は、おって米軍当局から沙汰があるまで、葉介にまかされることになった。

連日、葉介は、真新しい下着などを持参して、米軍施設のなかにつくられた仮設留置場まで出かけていき差し入れを続けていたが、ある日、とうとうポールさんは、軍事裁判のために、サンフランシスコの軍事法廷まで送られることが、弁護人を通じて正式に通知されてきた。

当日、五分間だけの面会を許可されて、小部屋に入っていくと、酒を抜いているせいかポールさんは、頬がこけてはいたが、いたって元気そうで、すっかり腹をきめている感じであった。

「おい、八。俺は公金横領なんてことはやってないから、必ず帰ってくるよ。……横浜や須磨の家は没収されたけど、ドミノだけは残ったさ……」

と、珍しくウィンクなどしたりするのだ。

「あとは、よろしく頼むぞ。いいか、必ず戻ってくるからな」

とだけ言いすてて席を立ち、背中を向けたが、途中で振り返ると金網のところまで戻ってきて、小声でささやいた。

「おいっ、ドミノは手放さないでくれよ。須磨でのひどい暮らしのことを思えば、なんだって出来るさ。……それからな、リランを大事にしろや」

4

その夜から、葉介は、ドミノの裏方としての仕事に専念することになった。

自分に与えられた留守居役という任務の遂行が、長期戦になることを予想した葉介は、まず、店の建物のスペースを最大限に利用することにした。

古い宿屋の一階だけは、そっくりドミノ用に作り替えていたものの、二階と三階は、ポールさんがまるごと買い取ったときのままであったからだ。

あれこれ考えた末、三階は、物置と葉介の住居にしたが、二階は、女給たちの控え室ならびに希望者への貸間として全室を開放することにした。

その話を耳にすると、杏子は、すぐに腹心の女たちを数名二階に住まわせて、ときには、そこで上客との深夜のつき合いを命じたりするようになった。店のなかでは「特攻隊」と名づけられている、そんな女たちから捲《ま》き上げる上前まで、杏子は、折半しようかと言ってくれたが、そればかりは即座にお断わりした。

この杏子の取り柄《え》は、客あしらいの良さとご自慢の黒髪だった。肩口くらいまである長い髪の毛を、日によっていろいろなスタイルに結いあげている。

ドミノのほかの女たちとちがって、大陸からの引揚者で並みはずれた根性の持ち主であるし、その商才を考えれば、彼女以外に安心してドミノをまかせられる人間はいないと判断した葉介は、店の表向きのことは杏子に一任し、自分はバーテンダー役に終始することにした。

杏子を、正規のママに昇格させた夜、葉介は、明け方近くまで、このしたたかな女と腹をわって話し合った。

そして、毎日の売上げから、店の経費とポールさんの取り分を差し引いた残りの配分は、杏子に全面的にまかせることにして、ポールさんの分け前は、銀行に口座を設け、定期的に預金することを取り決めた。

カウンターのなかでの労働は、予想以上に過酷なもので、そのうえ、帳簿の整理や、ときには、葉介を贔屓《ひいき》にしてくれる奇特なお客の相手といった仕事も加わるのだ。

毎日雑用に追われてくたくたになったが、どうやら少しずつ一人前のパーテンダーに成長していくようであった。

異性のほうは、ドミノの女たちと適当にすませていた。

ますます繁昌していくドミノには、新入りの女給があとを絶たず、二階の宿舎はつねに満室であった。それればかりか、たまに葉介の部屋で寝ていく女もいた。口が堅くて、後腐れのない葉介が相手だと、月に何度か女のほうから葉介の部屋にやってくるし、杏子もわざと知らん顔をしてくれている素振りだった。

ところで肝心の李蘭とは、たまにカウンター越しに長話をしたり、昼間に二度ばかり映画館に行き、「熱砂の秘密」や「愛人ジュリエット」などを観たりしたのだが、どうしても、それ以上の仲にはならなかった。

少年の頃から、年上の女の扱いには慣れているはずなのに、どうも、李蘭ばかりは、

意のままにならないのだ。それどころか、相手は、葉介のことを、

「葉ちゃん、あなたって不思議な人ね。ときどき、私よりずっと年上に感じることがあるわ。横顔なんか、特にそう。冷たさ一杯って感じよ。……でも、笑うと、急に子供になるわね。そこいらじゅう、危険だらけって雰囲気になるの」

などと、言ったりするのだが、その後、つかず離れずのつき合いを重ねているうちに、とうとうジェームス山まで出かけることになった。

李蘭の第一印象は、とても強烈だったけれど、初めて訪れた彼女の家もかなり奇妙な感じで、まるで生き物のように、住人と一緒に呼吸でもしているみたいな気配が立ち込めていた。

建物の外装の基礎部分には、煉瓦《れんが》や花崗岩《かこうがん》があしらわれていて、一階の車庫の入口の右手に、二階に上がる階段があった。二階の玄関の頑丈な木のドアをあけてなかに入ると、狭いながらもホールがあり、そこには、とてつもなく大きな帽子掛けが置かれていた。

内部は、すぐさまだだっ広い居間になっていたが、それでも正面には暖炉《だんろ》、入口の脇にはバスと手洗い、奥まった箇所に狭苦しいキッチンがあった。

東と南に面して大きな窓があり、それぞれに鎧窓《よろいまど》がついていて、その上部には、採光用の小窓も設けられていた。

南側に面した窓は特に大きく、欄間《らんま》から床面までのスペースを占めており、外に向かって開け放つと、そこは、二坪たらずのベランダになっていて、徳利状《バラスター》の手摺《てすり》の内側には、陶製の椅子が、一脚だけ置かれていた。

水色無地の絨毯が敷かれた居間には、紫檀《したん》の木彫りの簞笥や衣裳箱が並んでいて、片隅の籐《とう》の衝立《ついたて》の陰に、小さな寝台があったが、何といっても傑作は、暖炉だった。手前を鉄柵で囲っており、必要とあらば、すぐにでも使用できそうだが、実は内部が空洞になっていて、床板もそこだけは、ぽっかりと空いていた。しかも鉄棒が一本、階下のガレージから暖炉の内側の頂上まで取りつけられているのだ。

つまり火急の際、本来の住人たるべきお抱え運転手は、宿直の消防署員よろしくその鉄棒を伝って、階下に降り立つことが出来る仕掛けになっていた。

鉄棒は、相当に錆《さび》ついていたけれど、そのうち、葉介が何百回となく使用するにつれて、ちょっとしたヘルスクラブの付帯設備なみに磨きぬかれたものに変貌していった。

初めて葉介が、ジェームス山の家を訪れた頃、階下の車庫は、床や壁面が大幅に改造されて、李蘭の友人のバレリーナが、昼間だけ練習所として使用していた。

ガレージのシャッターは取りはずされて、木製のドアに取り替えられ、バレー・スクールの小ぶりな看板も掲げられていたが、二階の居間から、階下のそのバレー教習所に、鉄棒を伝って降り立ったときの妖しい昂奮は、忘れられない。

その日曜日の夜、三宮で、李蘭はすでに何度も観ているという映画「赤い靴」を、どうしても葉介と一緒にもう一度観たいのだと無理に引っ張っていかれ、ついでに、おいしいお粥をご馳走してあげるからと、わざわざジェームス山まで連れて来られたのだったけれど、一階の旧車庫は、三つの壁面の大部分が鏡張りになっていて、人影はないのに、妙に女臭かった。

日頃、トウ・シューズで踏みつけられているせいか、床板もところどころ艶《なまめ》かしく輝いていて、剝き出しの裸電球をともすと、とても異様な雰囲気だった。

天井の暖炉伝いに、なにやらゴトゴトとお粥の支度をしているらしい物音が聞こえてくるが、鉄棒の先端のその空洞からは、一条の明かりも射しこんできていて、階上は、まるで別世界のように見えた。

光線のなかには、細かい塵《ちり》が舞っていた。

その夜、黒の皮ジャンパーを着ていた葉介は、鏡に向かって、ちょっとばかり呟きこんだ。その自分の姿につい見とれて、腰に手をやり、拳銃をぬく格好をしてみた。ついでにポケットから白いハンカチを取り出して、口許をぬぐう仕種もそえた。

少年の頃、横浜で観た「荒野の決闘」のドク・ホリディの伊達《だて》姿が、頭をよぎったのだが、肝心の帽子がないので、この役には、すぐ飽きてしまった。

次にユミリュス少年の舞台姿を再現してみたが、かなりイメージが、喰いちがう。この数年のあいだ、恣意《しい》にまかせて生き抜いているうちに、殻《から》をやぶって別の葉介が出現してきたのだろうか、鏡に映る姿には、初々《ういうい》しさなど少しも感じられなかった。仕方がないので、しきりに歩きまわって、その姿勢を横目で眺めてみたが、どうもいただけない。それに少し猫背だ。しゃきっと背筋をのばして、大股で歩くようにしてみた。

——今夜みた映画に出てきたオーストリア出身の役者は、かなり年寄りだったけれど、とてもすっきりした歩き方をしていたな。どことなく優雅だったなあ——と思いながら、その真似を何度も繰り返してみた。

たいていの人間は、巨大な鏡の前で一人きりになると、ついつい素《す》っ頓狂《とんきょう》なことをやるらしい。

葉介もご多分にもれずに、いつしか我を忘れて没頭していると、背後にドアをあける音がして、

「葉ちゃん。それ、アントン・ウォルブルックね。ちょっとだけ似てるわよ、後ろ姿がね。ウフフッ」

という李蘭の声で正気に戻された。

お粥のほうは、出来あがるのになんと四時間もかかるというので、それから二人し

て、レコードや手袋、マントにスカーフなどさまざまな小道具に、ブランデーの半壜ばかり残っているやつなどを、何度も二階との階段を往復しては取り揃えた。そして、入念な打ち合わせをしてから、鏡を幻の観客に見立てて、上演した名場面は、「断崖」、「ハムレット」に「悪魔が夜来る」から抜粋したものだった。

いずれも、敗戦直後に封切られたもので、葉介もすべて観ているのだが、記憶はおぼろげだった。ところが、李蘭はさすがに年上の女だけあって、細かいところまで実に克明にそらんじていた。

なんのことはない、そんな映画のさわりの場面を、二人が主役の男女に扮して再現してみるという他愛のない趣向なのだ。

ブランデーの心地良い酔いに助けられ、鏡の部屋のもつ魔性にみいられて、葉介の手足は、ひとりでに動くようであった。

少しばかり酔いがまわって、磁器のように張りつめた肌を心もち赤らめ上機嫌となった李蘭が、幕あいに、束の間だけ、モイラ・シアラーの振りで踊ったけれど、その肢体がつくり出すポーズの繊鋭《せんえい》なことといったら、たとえようがなかった。

一息ついて佇《たたず》んでいると、えもいわれぬ爽やかさが漂ってきた。

「ああ、私も年だから、もう駄目。それに、片腕になってからは、重心がうまくとれなくて」

と、言いながらも、その夜の幕はなかなか降りなかった。

小休止のあとでの、その日最後の演し物《だ》は、ジャン・コクトオの「美女と野獣」だった。

李蘭は、白いケープをまとい、葉介は、黒いマントに中国のお祭りに使う奇怪な仮面をかぶせられ、おかまに見えぬように雄々しく振舞った。

二本目のブランデーの栓をぬき、ゲラゲラ笑いながらも、ときには深刻ぶり、いつのまにか四時間が経っていて、さてそれから二階に戻って口にしたお粥の美味《おい》しさは、李蘭の母国の数千年にわたる料理の伝統の極意を十二分にしのばせるものであった。

分厚い鉄鍋で四時間かけて炊かれたお粥のなかに、まず別の鍋で煮つめた鶏のスープをかける、次にモツの煮こみやアサツキや椎茸を刻んだものを入れて、よくかき混ぜ、院菜《インサイ》をちらして食べるのだが、葉介は、何度もお代わりを繰り返した。

この素敵な夜食の最中に、先ほどのステージのことをあれこれ語り合い、ときたま二人して顔を見合わせ、何度思い出し笑いをしたか、数えきれないほどだった。

しかし、葉介にとっての本当の意味での幕切れは、その夜もついに訪れなかった。

お粥の鍋が空になると、李蘭は、物陰から毛布を二枚出してきて、

「葉ちゃん。もう遅いから泊まっていきなさい。でも、悪いけど、階下《した》のソファの上で寝てちょうだいね」

きっぱりと言い渡したからであった。

余談になるが、この夜の芝居ごっこを皮切りに、その後、鏡の部屋で上演された登場人物二人だけの寸劇《すんげき》のレパートリーもずいぶんふえていって、「ルイ・ブラス」や「双頭の鷲」の女王の役などは、とりわけ李蘭のお気に入りとなった。

葉介としては「肉体の悪魔」を、どうしてもやりたかったのだけど、この作品で、主人公の学生と年上の人妻マルトとがからむ名場面はベッドシーンが多すぎるからと、李蘭が上演に同意してくれなかった。

とうとう鏡の部屋のスクリーンには未公開のままに終わったが、そのかわり、後年、ジェームス山で一緒に暮らすようになってから、二人だけに通じる隠語《いんご》で「マルト」と言えば、セックスを指すことになったのだ。

5

ポールさんがいなくなってから、四年目の秋に、杏子が独立した。

といっても、ある日突然に、杏子がドミノを出て行ったわけではない。

当初、三宮や新開地一帯で十数軒のパチンコ店を経営している台湾人のパトロンを通じて、ドミノを土地ぐるみそっくり買いとりたいという申し出があったのだが、葉介が強硬に断わったために、つい目と鼻の先の一等地で、豪華なクラブを新規開店することになったのだ。

長いつき合いの杏子のことではあるし、別に喧嘩別れをしたわけでもなかったから、最初の頃は姉妹店といった感じで、客や女たちも、二つの店のあいだを絶えず行き来していたのだが、そのうち、ドミノのほうが、少しずつ静かになっていった。

ちょうど、世の中が、戦後の暗いイメージを脱却して、どうにか落ち着き始めていた矢先のことだったので、葉介は、さして慌てもしなかった。

そうかといって、ただ手をこまねいて、世の移り変わりを傍観していたわけではない。ドミノの軌道修正について、あれこれ策をめぐらしていたのだ。

無理に若い女の子を入れることもせずに、また古くからいる女給でも、杏子の店に移りたがれば、笑顔で送り出してやり、けっして引きとめたりはしなかった。

そのうち、杏子が心配して、

「葉ちゃん、あんたのとこ、大丈夫なの。……お客をまわしましょうか」

と電話をかけてくれたが、葉介は、丁重に礼を言ったあとで、自分の考えを告げた。

「……いつも気をつかってもらってすまないね、杏ちゃん。でも、ドミノのことは心配しなくてもいいよ。こっちは、営業方針を変えることにしたんだから」

その言葉どおり、葉介は、まずドミノの改築工事を行なった。

二階の一部を取り壊して、一階の奥から、ゆるやかな勾配の階段でつながる中二階を作りだしたのだ。ただし、余分な造作には費用をかけなかった。

床には粗い厚手の絨毯をしき、壁面は羽目板とするなど、客船の談話室《サルーン》に擬《なぞら》えたインテリアとした。つまり、部屋全体に、機能的なシンプルな、いわゆる艤装《ぎそう》をほどこしたのだ。

その十坪たらずの中二階の広間には、背筋をのばしてゆったりと寛《くつろ》げるソファや、重厚な欅《けやき》材の角切卓、それに猫脚のウイザーチェアーなどを配置した。

それらの家具は、伝《つて》を頼って、山本通りの老朽化した異人館からの払下げ品を格安で入手したものであった。

一階は、あくまでカウンターを主体とすることにして、奥まったボックス席は一部を取り除き、逆に手洗いのスペースを従来の倍の広さとした。

スピーカーなどの音響装置にも凝《こ》りたかったけれども、この分野は、金をかけ始めると際限がなく、とてもそこまで予算がまわらなかった。

かわりに、横浜の石川町のエル・ドラドにあったようなオーケストリアンでも、店の片隅に置きたいと思い、各方面にまで足をのばして物色したのだが、探し出せなかった。やむなく、湊川《みなとがわ》の古道具屋で見つけたバルバリアの箱型の手まわしオルガンを購入した。

また、洋酒の種類をふやすことも心がけ、市内の老舗のホテルを退職した老バーテンダーを高給で雇い入れたりした。

葉介の意向は、ドミノを内輪で静かに酒が飲める店に変貌させることにあったのだが、その狙いは、どうやら的中したようであった。

新規まき直しをしたドミノは、それまでとは別種の固定客を獲得することが出来たのだ。

新しい常連の第一号は、外人客であった。

それも、往時のように、粗野な若いＧＩではなく、アルゴというイギリス人だった。ロンドンに本社をもつ貿易商会の極東支配人で、新装開店の夕暮れどき、まだ準備中のドミノに、オルガンの音を聞きつけて入りこんできたのだが、翌日からは、毎晩、顔を出すようになり、十日後には、ドミノに投げ矢《ダーツ》のセットを寄贈してくれた。

この人物は、たんなるお人好しの呑ん兵衛ではなく、店に、妙な注文をつけてきた。

ドミノに数人の女給がいるのは、営業上の見地から仕方がないにしても、中二階は、女性客はおろか女給も入れない男性専用にしてくれというのだった。つまり、メンズ・バーをご所望《しょもう》なのだ。

葉介は、その注文を、素直に受け入れることにした。

別段、洋酒会社とタイアップしたわけではないのだが、狭い神戸の街に噂話でひろがっていったのか、ドミノは、旨いカクテルを飲ませる風変わりな店だとの評判をたてられることになった。

やがて、アルゴさんをはじめとする軽度のアルコール中毒者の希望を入れ、店は、午後五時から開業することになり、二ヵ月もすると、男同士でゆっくりとグラスをかたむけることが出来る場所として、さまざまな国籍の中年や初老の客が定着してくれるようになっていった。

葉介は、良心的な値段でサービスを心がけた。女の子の人件費さえ抑えれば、ポールさんの取り分を、従来どおり捻り出すことに関して、さして苦労することはなかったからだ。

それに、昔のドミノとちがって、集金時のトラブルが少なくなった。客の大半が、常連で、しかも素性の知れた紳士方が多かったのだ。

ドミノの営業方針をはじめ、周囲の状況は少しずつ変化していくのに、初めて逢ってから五年たっても、まだ李蘭とは軀の関係はなかった。

それにどうやらこの頃まで、李蘭には、別に男がいたようだ。それも特定の男ではなく、五指にあまる男がいるらしかった。

現に葉介は、彼女が見知らぬ男たちと、親しげに食事を共にしているのを、何度か目撃したことがあった。

ドミノの経営内容の変更に伴い、店のマスターとして、始終、お客との応対に立つようになってから、葉介が心がけたことが、二つあった。

かなりの背伸びをして、実際の年齢よりも十歳ぐらい年上のように振舞うことと、世間とのつき合いを深めることだった。

幸いなことに、年齢については、憂き世の苦労が染みついたのか相当に大人びた顔つきになっていて、葉介を若輩とあなどる人は数少なかったし、後者に関しては、軀が二つあっても足りないほど、諸方面に顔を出す機会にめぐまれた。

新しいドミノの常連となったお客たちから、たびたびお誘いがかかり、相手のお伴をして、他の同業の店や、味自慢のレストランなどに足を運び、ご相伴《しょうばん》にあずかることが多くなったからだ。

青辰《あおたつ》や別館牡丹園をはじめとして、フェッチーネという舶来きしめんを食べさせるドナロイヤさんの店、スペイン料理のカルメンなど、さまざまな店に出入りするようになったが、なかでも、葉介が足しげく通ったのは、下山手通りのハイウェイ、花隈《はなくま》モダン寺下のハナワ・グリル、そして元町の十五銀行の地下にあったヴェルネ・クラブであった。

葉介のことを贔屓にしてくれるお客に誘われたり、ときには、ドミノの従業員を引き連れて、葉介が、こういう店でテーブルについていると、鮮やかに、装《よそおい》をこらした李蘭の姿を見かけるのだった。

相手の男は、いつもちがっていた。

中国人の恰幅《かっぷく》のいい老人や、日本人の品のいい中年男であったり、回教徒ふうのトルコ人だったりしたが、そんなときの李蘭は、毅然《きぜん》としていて、たとえ、葉介とテーブルが隣り合わせになるようなことがあっても、別人のようによそよそしい態度を示すのであった。

そうした折、若い葉介の心は、ドミノの自室に戻っても、激しく動揺しており、胸の高鳴りや嫉妬の念は抑えがたいほどであったが、さりとて、年長の女に、彼のほうから、現状打破のきっかけを求めることは、どうしても出来なかった。

それまでにも、二人の関係が、年齢の差をはなれて、男と女の原点にいきつきそうになったことはあるのだが、葉介の軀から、獣《けもの》の匂いがわずかでも発散しかかると、李蘭は、たちまち表情を堅くして、まったく隙をみせなくなるのだった。

ただ、彼女との三宮の映画館やジェームス山での束の間のデートだけは、二、三ヵ月に一度の割合で続いていた。それも、相手からの一方的な連絡によって、初めて成立するのであった。

その李蘭とのデートの回数をふやすきっかけになってくれたのは、マルグリット・デュラスの原作に基づく「海の壁」という映画だった。

世間ではあまり評判にならなかったけれど、東南アジアでロケをしたルネ・クレマン監督のこの作品を一緒に観てからは、二人の間柄が、急速に接近するようになった。

なにも、その映画のストーリーに感激したわけではない。

主題《テーマ》や粗筋《あらすじ》などとはまるで関係のない踊りの場面に魅入られたのだ。

作品の舞台は、人里はなれた東南アジアの辺境であるが、かなりユニークな二人の男女が登場してくる。故《ゆえ》あって、母親と三人で、その地に逼塞《ひっそく》している白人の姉弟なのだ。

その姉弟は、味気ない日々の暮らしの憂さ晴らしに、レコードをかけ、それに合わせて、二人で勝手に我流のステップを編み出し踊りまくることを唯一の楽しみにしていた。

映画では、シルヴァナ・マンガーノとアンソニー・パーキンスが、その姉弟の役に扮していたが、スクリーンの上で、なんとも軽妙な足捌《あしさば》きを見せてくれたのだった。

そのシーンが撒《ま》き散らした素朴な愉悦《ゆえつ》の原点といったものに、日頃から敏感な李蘭と葉介は、互いにうなずき合って、十日に一度、ジェームス山の鏡の部屋で、踊りのレッスンを始めることになった。

ジルバやサンバのレコードを買い求め、テンポの速い曲に合わせて、米伊連合軍には負けずに、こちらも日中二人組だけのステップを開発することに工夫をこらすようになったのだ。

レッスンのたびに、二時間近く軀を動かしつづけるので、踊り終わると、二人とも汗まみれになっており、五分間ぐらいは、満足に口もきけないほどであった。

二人だけでの愉《たの》しみのために始めた金のかからぬ道楽であったが、ある日、人前で、そのステップを披露することになった。

ポールさんが、約束どおり、戻ってくることになったのだ。

けれども日本にはわずか数日の滞在で、すぐにマニラに向けて出発するハード・スケジュールだとの国際電報による連絡が、突然ドミノに届いたのであった。

6

五年ぶりにホテルのロビーで逢ったポールさんは、少しばかり肉がつき、髪の毛は短く刈りこみ、陽に灼けて別人のように逞しくなっていた。

「おう、八。なんだい、すっかり一人前になったなあ。初めから、お前さんのことは、将来、大物になると思っていたさ。……おい、逢いたかったぞ」

と二分間ばかり、葉介の両手を握りしめて放さなかった。

その夜は、まずキングス・アームスでローストビーフなどを平らげてから、ドミノに腰を落ち着けてもらうことにした。

店は、臨時休業の看板を出しており、応援に駆けつけてくれた杏子や女たちが待ち構えていたが、栄枯盛衰《えいこせいすい》はこの水商売の世界のならいで、往年のポールさんのことを知っている女給は、二、三人しか残っていなかった。

さっそく、ポメリーが音を立てて抜かれ、女たちにもくばられて、ポールさんの前には、ドム・ペリニョンが用意されていた。

少し遅れて李蘭もやって来た。珍しく薄化粧をして、輝くばかりの胸元をのぞかせたドレスに、薄いショールをはおっていた。

物陰に葉介を呼びよせ、頼んでおいた小切手を渡してくれたが、その小切手には、当時の相場で、庭つきの家が二軒ばかり買える金額が打ち込まれていた。

シャンパンの酔いがまわる前に、その紙片をポールさんに手渡すと、さすがのポールさんもしばし無言で、しばらくたって顔を上げたとき、眼鏡の陰でなにやら光っていた。

長い軍事裁判の結果、どうにかやっと微罪にこぎつけたものの、裏工作のための弁護士費用など相当かかったらしく、その苦労は並大抵《なみたいてい》ではなかったらしい。

夜半刻、李蘭と一緒にポールさんをホテルの部屋まで送っていった。

長旅の疲れが出たのか、かなり参っている感じのポールさんだったが、それでも部屋に二人を呼び入れて、それからまた、ウイスキーの呑み直しをやることになった。オールドパーは、折あしくホテルのバーにストックがなかったので、ティーチャーズをあけることにした。

数時間後、二人の帰りしなに、懐から先ほどの小切手を取り出したポールさんは、

「おい、八坂。これは、たとえ半額でも、お前にやりたいところだが、俺にも、いろいろ事情があってなあ、悪いけどもらっておくぜ。そのかわり、なあ、八坂。ドミノは、お前にやるよ。代金は、これで充分だよ」

そう言いながら、元御主人は、再び眼鏡を曇らせるのであった。

その夜、葉介は、初めてジェームス山の李蘭の家に泊まった。

ただ泊まるだけなら、それまでにも何度か、鏡の部屋の長椅子で転《うた》た寝《ね》をしたことがあったけれど、その日は、二階の李蘭のベッドで寝たのだ。

李蘭の軀は、全身くまなくすべすべとしていた。

裸になった李蘭は、寝台のなかでは、葉介より、頭一つ分だけ小柄だったが、それまで葉介が相手にしたどんな女ともちがっていた。首から下が曲線だけで構成されて

いたのだ。

肌理《きめ》の細かい肌が、夜目にも白く輝いていたので、薄暗い寝台の上に、軀の要所が、くっきりと浮かび上がって見えたが、いずこも、ほどよく引き締まっていた。

ふくよかな乳房は、軽く指で触れたくらいではたちまち弾《はじ》きかえしてしまうほど、量感にあふれて盛り上がっていたし、その先端には、秋海棠《しゅうかいどう》の花の色をした小さな乳首が埋もれていた。

ウエストのくびれは、乳房の脇のあたりから始まっていて、胴まわりが細いせいか、よく張り出した臀部《でんぶ》は、異常なまでに逞しく見えた。

下腹部から太腿をへて足首に至る曲線のなだらかさは、古代ギリシアの大理石の像さながらで、艶《つや》やかに光沢を帯びて張りつめていたが、葉介が、そっと腰に手を置くと、そこは、火照《ほて》るように熱く、心もち汗ばんでいて、しかも、かすかな震えが伝わってきた。

李蘭は、小娘のように、右の頬に指先をあてて、葉介を見つめていた。

相手を抱きよせ、首筋や胸元に軽やかな愛撫を加えはじめると、李蘭の形のいい唇のはしがめくれ、小鼻がうごめき、気丈さや理性のかった両眼の内側から、鋭いきらめきが消えて、なんとも官能的なまなざしとともに、それまでに葉介がまったく知らなかった新しい女性が出現してきた。

一つになると、李蘭の軀は芯から熱く、なめらかで、まとわりつくようであった。おまけに、あまい吐息やかぐわしい体臭につつまれて夢心地であったが、葉介は、懸命に男の務めに励もうとした。

そして、やわらかい肉の塊りの上で、たちまち昂《たか》ぶり、自分だけ絶頂に達して果ててしまったのだが、それからの李蘭が素晴らしかった。

彼女は、一度萎《な》えた葉介の軀を、まるで吸いつくような肌で抱きしめ、豊かな胸の谷間につつみこみ、まろやかな腰の上にのせて、巧みにリードをしてくれた。

彼女は、激しいセックスよりも、むしろ、ゆっくりとした快感を楽しむタイプだった。

あせらず、じっくりと時間をかけ、葉介のものを奮《ふる》い立たせてくれると、今度は自分が上になって、ひたすら揺蕩《たゆと》うように、その腰を動かしていた。

「葉ちゃん、私ね、これまで日本に住みながら、長いこと諦めてたの。私にピッタリの日本人なんていやしないと思ってたのよ。……あなただけは、私の好みにピッタリだったけど、若すぎるから、とても心配だったの。でも、いいわ、頭も軀もとびきりだわよ」

こんなことを、自分ものぼりつめたあと、李蘭が口走ったような気もするのだが、定かではない。葉介は、とうに心身とも朦朧《もうろう》としていたからだ。

明け方、葉介が目覚めると、李蘭は、すでに髪の手入れをすませており、かすかに恥じらいの色を浮かべながらも、真顔で、こう言った。

「葉ちゃん。あなたは、きょうから、ここに越していらっしゃい。そのかわり、これからは私も一緒に、お店のあがりで暮らしていきますからね。いいこと、贅沢は敵よ。わかったわね」

自分がいつかは切り出すつもりでいた話を、唐突に相手の口から聞いて、葉介の胸は、子供のようにときめいた。

その頃の葉介の私生活は、横浜時代のポールさんに似て、妙にストイックなものとなっており、一人暮らしを愉しんでさえいたのだが、相手が李蘭となると、独身暮らしに別れを告げることに異存はなかった。

葉介が、一瞬、間をおいてから、黙ってうなずくと、

「あっ、それから、今夜はポールさんを家《うち》にご招待してね。今から支度をしておきますから」

と、李蘭は早々に市場に出かける準備に取りかかった。

その夜の献立は、まずしめじの炒めもの、エスカルゴに始まって、生肉のタータル・ステーキにパエーリアだった。

ステーキだけは、主賓の好みをまだ憶えている葉介が、なるべく横浜時代のとおりに味つけを行なった。

夕暮れどき、杏子をエスコートして現われたポールさんは、すこぶるご満悦の体《てい》であった。

食後は、どうしてもこの家の一階を見てみたいと言いはる彼の希望で、全員階下に降り、それから四人だけのダンスパーティを開催した。

派手にジルバを踊り狂うポールさんたちに負けずに、こちらも日頃の研鑽《けんさん》の成果を披露すると、中途で踊りをやめた元御主人は、葉介らのほうを見やって、目を細めて喜んでいた。

翌朝、マニラに向かって飛び立つというポールさんと、グラスを片手に話し合ってみると、現在は、アリゾナの鉱山会社に勤務しているらしい。たまの休暇を利用して、セブ島にいる旧友を訪ね、闘鶏の試合に大金を投じるつもりだと言っていた。

別れ際、二人とも胸が一杯で、あまり多くは喋れなかった。

「そのうち、一緒に横浜に行ってみましょうよ」

と葉介が言えば、ポールさんは目をしばたいて、

「ああ、いつかぜひともそうしたいな。……だけど、八坂、今の俺は、再会できたただけで嬉しいぜ。まだ夢を見ているみたいだよ。ドミノなんか、とっくに潰《つぶ》れたと思っ

てたもんな。だから、今まで、日本に来るのが怖かったんだよ。それを、お前が、ちちゃんとやってくれて、おまけに、こんな大金まで……」

あとは、言葉にならなかった。

贅沢は敵だと自分で言い出したくせに、毎月手渡す金でどうやりくりするのか、新婚家庭の食卓には、連日珍味の山が尽きなかった。

李蘭の手料理はなんでも独特の味がして美味《おい》しかった。中国料理だけではなくて、フランスやロシアのものもレパートリーに入っていて、どれも彼女が娘の頃に憶えこんだ料理だということだった。

片腕の李蘭がどうやって調理するのか一度も見たことはないけれど、やっと手に入れた牛のあばら肉をジャガイモ、人参、玉葱などと煮こんだボルシチは、口のなかでとろりと溶けるほどうまいし、ミンチに各種の香辛料を混ぜ合わせたものを中身にしたピロシキは、揚げ方もカリッとしていて、とても香ばしく、口直しには、ザクースカや白身の魚を煮こんだスープやサフラン・ライス、ときには焼きたてのパンをそえてくれた。

エスカルゴが本当に好きになったのも、李蘭のおかげであった。

これを調理するときには、もう三十年以上も愛用しているというフランス製のオーブンがとても活躍するのだ。まず大蒜《にんにく》やパセリを刻んで、塩、胡椒で味つけしたバターソースを作ってから、エスカルゴをオーブンで時間をかけてじんわりと焼くのだが、あまりの旨さに葉介は、ときどき、李蘭のただ一本残されている右腕を、魔法の手だと褒《ほ》めそやしたものだった。

後年、新しい料理が食卓に出てきて、その味に感激すると、李蘭に味加減を聞かれる前に、葉介は、フランク・シナトラの映画の主題歌を口ずさむことにした。下手な駄洒落であるが、題して「黄金の腕」であった。

もっとも連日こんなご馳走ばかり口にしていたわけではない。ふだんはいたってつましくて、朝はワッフル、夜は麺の一点張りだった。

ところが、李蘭の手料理で、最後まで飽きないのが、お粥と、この湯麵《タンメン》なのだ。具《ぐ》は毎回異なるが、しゃきっとした手づくりの黄色味を帯びた麵は、どんな具でも受け入れて、その種類によって微妙な変化を生じてくれるのだ。

葉介が三十歳になった頃、ドミノは、関西はおろか東京の一部の人たちにまで、その名を知られるようになっていた。

つまり、寛《くつろ》いで、ゆっくりと酒が飲める本格的な酒場だという定評を得たのだが、常連の大半は、相変わらず地元の老人たちと外人客であった。

ところで、神戸の周辺には、李蘭の一族の人たちが相当数いるはずなのに、何年にもわたって、葉介は、無視されつづけてきた。

それが、ちょうどこの頃、一族を代表してか、李蘭の遠縁にあたる仕立屋が、挨拶に現われ、古びた木彫りの整理簞笥を置いていった。どうやら葉介を、李蘭の連れ合いとして正式に認めてくれたらしい。

その縁で、葉介は、李蘭の姓名についてだけは、多少の知識を得ることが出来た。

李蘭の正式な名前は、洪李蘭というのであった。

その姓名からして、てっきり過去に結婚をしたことがあるのかと思ったのだが、実は洪というのは彼女の父親の姓、李は母親の姓であり、両親ともにひとりっ子であったために、その父母のあいだに生まれた一人娘の彼女は、両親の姓をとって洪李蘭となったということであった。

7

その後の葉介と李蘭の暮らしは、三宮のドミノとジェームス山を拠点として、表向きは平々凡々と推移していった。

そして三、四年に一度の割合で、それぞれの人生の節目《ふしめ》となる出来ごとが起こった。

葉介が三十四歳になったとき、李蘭が妊娠をしたが、七ヵ月で流産してしまった。多少自分が身ごもったとわかったとき、李蘭は、超高齢出産であることもあって、多少のためらいを見せたのだが、日ましに母性本能が目覚めてきたらしく、それまでの倍近く食《しょく》がすすむようになり、葉介の身のまわりの世話をやくことが、多少疎《おろそ》かになっていった。

その頃、階下のガレージは、バレー教習所として貸すことをやめて、文字どおり二人の踊り場になっていたのだが、李蘭は、そこを丹念に掃き清めて、レコードやプレーヤー、それに揺り椅子《ロッキング・チェアー》を持ち込んだ。

そして、お腹の子供の胎教のためだと称して、荘重な教会音楽や、ボレロやポロネーズなどの華美な曲をかけて、終日、椅子に座って聴きいる暮らしを続けていた。

それがある日、階下に降りる表の階段を踏みはずしたのが原因で、流産してしまったのだ。

葉介としては、病院の費用などは惜しまずに、長期間にわたって、手当てを受けさせたのだが、それ以来、李蘭は、軀中から生気が脱落してしまい、別人のようになってしまった。

一日中、階下の部屋に閉じこもりきりで、身づくろいはおろか食事をつくることも等閑《なおざり》になっていったのだ。

店を老バーテンダーにまかせた葉介は、一ヵ月ほど、ジェームス山の家を離れずに介抱をしたのだが、あまり効果はなかった。

もっとも本人のそばにいても、黙って身のまわりの世話をしてやるだけであった。異常なのは、軀ではなく、心のなかだったからだ。

かかりつけの医者も、本格的に回復するのは、本人が立ち直ろうとする意志しだいだと言っていた。

流産後、二ヵ月経った頃、李蘭はやや正常になった。

「葉ちゃん、ごめんなさいね。あなたは、お店に行ってもいいのよ」

と、まともなことを口にするようになったけれど、まだ油断はできなかった。ときたま譫言《うわごと》のように、あの子のそばに行きたいなどと口走るのだ。

それでも、あまりに長いことドミノを空けられはしないので、しだいに店に出る日を増やしていき、そのかわり李蘭には、気を紛らわすためのレコードや書物をたくさん買いこんでやることにした。

ギリシアやペルーの民俗音楽は、けっこう楽しそうに聴き入るようになったし、書物については、アメリカのハードボイルドがおもしろいと新刊の催促をするようになったが、逆効果の面もあったようだ。

書物を読む習慣は、人を弱虫にするのだろうか。今度は、折にふれて、涙ぐんだり鬱《ふさ》ぎ込むようになったのだ。

そうした状態が数ヵ月にわたって続いたとき、葉介は、自分なりの治療法をとることに決めた。

毎日ドミノには出かけていくが、深夜にジェームス山に戻ってくると、必ず李蘭を抱くことにしたのだ。相手が多少は嫌がっても容赦せずに、ときには荒々しく、李蘭の軀を攻めたてた。

これは、葉介にとって、悦楽というよりも苦役《くえき》であった。本来ならば日頃の息抜きをする日曜日の夜などは、疲労困憊《こんぱい》の極に達することがあったが、それでも李蘭の肢体に少しずつ変化が生じていった。

以前のように、葉介の軀をやさしくつつみこみ始めてくれる兆しが見られるようになったのだ。

葉介が真剣にセックスを挑んでいったことが、いくらかはきっかけになったのかもしれないが、結局のところ、李蘭の心を治癒《ちゆ》してくれたのは、歳月の経過であった。

それにしても、当事者にとっては、なんとも忍耐を要する後遺症で、心身ともに正常な状態に李蘭が戻るには、一ヵ年を要したのであった。

葉介が三十七歳になったとき、ポールさんが亡くなった。

死因は肝硬変で、遺体は、アリゾナ州のフェニックスに葬られるという知らせが、現地からドミノの八坂葉介あてに、国際電報で届けられた。

伝《つて》を頼ってパスポートをすみやかに取得した葉介は、その二日後、わずかばかりの荷物を手にして、羽田空港から西海岸《ウエスト・コースト》に向けて飛び立った。

ロサンジェルスから国内線を乗り継いでフェニックスに到着すると、葉介は、その足で鉱山会社の本社事務所を訪れた。

日本の葉介あてに電報を発信する手続きをとってくれたポールさんの部下が、幸いにも在社していた。

故人を偲《しの》んで墓参りをしたいという葉介の意向を聞くと、額の大きく禿げ上がった赤毛の男は、しきりに目を白黒させて、墓地の所在をしめす詳細な地図を認《したた》めてくれた。

タクシーを待たせたまま、広大な共同墓地に入っていくと、ポケットのなかの地図で再度確かめなくても、葉介の足はひとりでに動いて、小高い丘陵の麓にあるポールさんの墓の前まで運んでくれた。

御影石でつくられたケルトふうの十字架の下で、葉介の元御主人は眠っていた。

十分近く葉介は、悄然と墓の前に立ちつくしていたが、遠くからタクシーのクラクションが鳴り響いてくるのを耳にすると、鞄のなかからオールドパーと炭酸水の壜とを取り出した。途中の空港で購入した免税品ではなくて、わざわざ神戸の三宮のドミノから持参したものであった。

その二本の壜をあけて、葉介は、中身を、交互に、ポールさんの墓にふり注いだ。

〈おう、八。やっぱり来てくれたか。うれしいなあ、相変わらず義理堅いじゃないか。……おいっ、俺は、先に行って、待っているからな。お前もそのうち来いよ、べつに急がなくてもいいからな〉

一瞬、大地の底から、ポールさんの声が聞こえてくるようであった。

とんぼ返りで日本に戻るため、フェニックスの空港で搭乗手続きをすませた葉介が、待合室で坐っていると、搭乗案内のアナウンスとともに、入口から、遠目にもあきらかに昂奮していると思われる四、五人の男たちが、室内になだれこんで来た。

その気配の慌ただしさに、葉介が、男たちのほうに目をやると、そのなかの一人が、鉱山会社の赤毛の男であった。しかも、その連中は、葉介のところにやって来るのだ。

思わず葉介が立ち上がると、

「この人ですよ、間違いないよ」

と、しきりに喚《わめ》いている赤毛の男を押しのけて、大柄な金髪の紳士が、さっと右手を差し出してきた。

「久しぶりだな、オウチョ！」

「あっ、ゲルケンさん」

アメリカの大地を踏んで以来、初めて葉介は、眼頭が熱くなった。先ほど、ポールさんの墓前でもなかったことであった。二十年ぶりで会うヘンリー中尉は、逞しいひとかどの立派な紳士に変貌していたが、どことなく研《と》ぎすまされた感じが漂っていた。

「おう、オウチョ。俺は、こいつらと、でっかい賭けをしてたんだよ。日本からお前さんが墓参りに来るか来ないかってな、ハハハッ、俺の一人勝ちだよ」

どうあっても泊まっていけと言い張るヘンリーの申し出を断わるのは、辛かった。けれども、いったんその申し出を受け入れて、ずるずるとヘンリーとのつき合いを再開してしまうと、たとえ一度日本に戻ったとしても、自分の性分として、またこの地に来たくなることが、葉介には、充分に予測できた。切《せつ》ないことだが、生きとし生けるもの、過去に向かって旅することは出来ない。まして、往時《おうじ》とはちがい、守ってやらなければならない李蘭がいるのだ。

ポールさんが死んでしまったことで、この人との縁も切れたのだと強引に自分に言いきかせて、後ろ髪をひかれる思いで飛行機に乗りこんだ。

機中で、ヘンリーの手渡してくれた名刺を見てみると、彼は、医者でもトロンボーン奏者でもなく、ワシントンでなにやら政府関係の仕事をしているらしかった。

葉介が四十歳になったとき、ドミノに異変があった。

神戸市の区画整理にひっかかり、ドミノの場所が移転させられることになったのだ。店は、従来にくらべて港寄りとなり、スペースもそれまでの半分くらいの手狭なものになったけれども、そのほうが、かえって葉介には、切り盛りしやすかった。

かなりの補償金が入ったので、ジェームス山の二階家のほうも、隣りの空地にマンションが建てられる工事と並行して、補修工事を行なった。

建物の基礎部分がしっかりしていたので、外装は、吹きつけ作業と、車庫のドアを取り壊し、その跡を完全に塞《ふさ》いでしまうことだけにとどめて、そのかわり、全階の壁面には冷暖房と防音装置を完備させて、一階の旧車庫は、オーディオルームに改造した。

スピーカーとアンプに金をかけ、鏡と床と例の鉄棒はそのままにしたが、二階の台所の床面を一部分あけて、階下に通じるラセン階段を取りつけた。

こけら落としには、以前からの作法通りに、芝居ごっこを執《と》り行なった。

この頃になると二人の趣味もかなり変わっていて、演《だ》し物は、三島由紀夫の近代能楽集から「卒塔婆《そとば》小町」だった。

葉介は、詩人と巡査の二役を演じ、李蘭が元小町となった。

考えてみれば、いつも李蘭は、年上の女役ばかりやっているわけで、実生活でも、この頃から少しずつ軀が弱ってきたみたいだった。

毎日の献立にも、子芋や豆腐、それに山菜などが頻繁《ひんぱん》に登場するようになった。

李蘭は、毎朝早くから、その日の食事のための買い出しに出かけていくが、あとはあまり外出せずに、鏡の部屋にばかり閉じこもって、レコードをかけ、翻訳ものの小説を読んだりしていた。

昔あれほど好きだった映画にも、あまり行かないようになった。

一緒になった頃、長いこと彼女のご贔屓だったマルセル・カルネの新作「危険な曲り角」を観にいって、すっかり失望してからは、スクリーンからもしだいに遠ざかっていたのだ。

まったくカルネのその映画には、「天井桟敷《さじき》の人々」で見せたあの豪華絢爛《けんらん》とした才能は、まるでなく、ひたすら若者に媚《こ》びる老人の感傷めいたものしか感じられなかった。

その後、しばらくのあいだ、李蘭は、自分の国のお得意の戦国策から古びた言葉を持ち出して、

「騏驎《きりん》も衰うれば、駑《ど》馬《ば》これに先だつ」

とつぶやいていたが、どうやら一代の大監督も年をとれば、並みの人間になってしまうことを、我が身に照らして憂えていたらしい。

あまりの落胆ぶりに、葉介は、そっとしておいたが、そのうち、彼が判断して、これなら李蘭が喜ぶと思った映画には、無理に引っ張っていくことにした。ベルイマンやアントニオーニの作品は、ありがたいことに李蘭の好みにあって、とりわけ惚れこんだビスコンティのものだけは、欠かさず観にいくようになった。

8

新しい店が一段落して、人員配置も軌道に乗りはじめた頃、葉介は、李蘭を、二人一緒では初めての海外旅行に連れ出した。

あれこれ思案したあげく、行先は、地中海のマジョルカ島に決めて、そこにあるフォルメントールというホテルに、四週間滞在することにした。

そこは、由緒あるホテルだった。

前面が海、背後にはすぐ山が迫っている地形に建てられていて、その土地の名をそのままホテルの名前にしていたが、宿泊客の大半は、二ヵ月以上の長期滞在客ばかりで、国際的な無職渡世者たちが多かった。

日本の無職稼業の人間は、働かないで遊ぶために身を磨《す》り減らすが、フォルメントールの客は、働く必要がない人たち、つまり、世界的な大金持ちとその取巻き連中だった。

このホテルには、滞在客のためにいろいろなクラブがあった。乗馬、テニス、ゴルフ、クリケットに始まり、コーラス、詩の朗読会と大学なみだが、キャンパスと異なるところといえば、生徒の大半がほとんど老人ばかりであるということであった。

李蘭は、タペストリーをやり始めた。

手芸ばかりは、片腕だと、どうしても無理なのだが、このフランス刺繡《ししゅう》だけは、なんとかこなせるらしい。

李蘭は、午前中から教室に行って、ABCから取り組むようになった。片腕の彼女のために、講師が特殊な針を考案してくれたという。

葉介のほうは、ブリッジ・クラブに入会した。昼間はプールで泳ぎ、そのあとソルティ・ドッグなどを飲んで、午後からはカードをいじる日程であった。

十日もすると、葉介とペアを組みたがるご婦人方が登場しはじめた。

神戸でもコントラクト・ブリッジは、一部の人たちのあいだでさかんだし、葉介もドミノの客に多少の手ほどきを受けていた。それに、横浜時代にはカードごとに没頭した一時期もあるし、天性の勘のよさも手伝って、かなりそつなくこなせるのだ。

「サイゴンからいらしたの?」

当初この質問がいちばん多かったが、しばらくすると、葉介が日本人、そして李蘭は中国人で、二人は日本のコウベというところからやって来たのだということが、ロビーに掲載された壁新聞を通じて、滞在客に知れわたった。

実は、カンヌの映画祭に特別ゲストとして出席した聖林《ハリウッド》の往年のミュージカル・スターたちが、その帰路、フォルメントールに立ち寄り、大広間でちょっとしたショウをやったのだが、その余興として、滞在客たちのダンス・コンテストが開催され、その結果、葉介と李蘭が優勝してしまったのだ。

審査員たちは、涙もろいアメリカ人が多かったし、きっと片腕の李蘭の踊りが珍しかったのだろう。

その夜、葉介はディナージャケット、李蘭は神戸から持参した裾の大きくわれた水色のチャイナドレスで、肩口の傷跡が隠れるようにちょっとだけ袖を長目にしてあるやつを着て、素敵なショウにすっかり昂奮していると、コンテストは、急に始まったのだ。

曲がタンゴやワルツなんかだったら、二人とも黙って見物していたろう。

ところが、司会者の指示で、バンドはクィック・テンポの曲を演奏しはじめ、老人が多い観客を相手にして、この曲でこんなふうに踊ってみろとばかりに聖林グループからは、もう七十歳近い老優が、これまた六十歳を過ぎたはずのブロンド相手に、軽快なジルバを踊り出したのだ。

こうなると観客も負けてはいない。

そこは、往年の遊び人たちで、たちまち十数組が背筋をのばして参加して、ダンスフロアは、熱気の渦となった。

その雰囲気のよさに、二人は思わず顔を見合わせて、相手の表情を窺《うかが》ったのだ。

「やるかい」

「いいわね」

二人だけのステップをジェームス山の鏡の部屋で開発した頃、いくらテンポの速い曲でも、片腕の相手が踊りやすいように編み出したリードは、二十とおり近くあった。

その勘さえ取り戻せば、どんな曲を演奏されようと平気だった。調子にのって踊りまくっていると、突然、スポットライトを浴びせられ、一瞬、間《ま》をおいて、盛大な拍手が沸き起こり、いとも簡単な一等賞だった。

優勝の商品は、シャンパンの特大壜で、その場で皆さんにお裾分けしたのだが、そのせいか翌日からは、午餐《ごさん》会や三時のお茶への招待が殺到する始末となり、フォルメントールでは、ちょっとした名士になった。

ある夜、酔っぱらった男が、一人でいた李蘭の肩の傷口を覗《のぞ》こうとしたときには、かたわらにいた老婦人が、

「なんと失礼な！」

と、手にしたハンドバッグで、男に猛攻撃を加えてくれたというし、葉介がロビーなどを歩いていると、見知らぬ老紳士が、かすかに目配《めくば》せをして、

〈若いの。いろいろ大変だろうが、しっかり頑張んなさいよ〉

といった表情をするし、淑女方は、

「………」

なにも言わずに、しきりに羨《うらや》ましげな嘆息を洩らすのだった。

ハプスブルク家の血をひく老婦人と組んで、ホテル主催のブリッジ大会にも優勝したものだから、葉介のところには、方々から本格的なご招待がかかるようになった。

滞在中の大金持ちの未亡人やその縁者たちには、ブリッジ狂が多く、マジョルカ島を離れても、それぞれの本拠地で、親睦《しんぼく》をかねたブリッジ・パーティを定期的に行なっているらしい。

なんとか全部断わったものの、正式に文書で招待されたブリッジ大会の開催地は、ロンドン、ブリュッセル、バーデンバーデン、マドリッドをはじめ、ツールーズ、ウィーン、リヒテンシュタインと限りがなかった。

帰国の前日、李蘭は、少しばかり疲れたからと部屋に籠《こも》って本を読んでいたが、そ

の日は彼女の誕生日にあたるので、夜、無理にオーク・ルームに引っ張り出した。

キャンドルライトが灯されたテーブルに坐り、ソムリエが絶品だとしきりに勧めるシャンパンのピペル・アイドシックを抜いてもらってから、分厚いメニューをめくってあれこれ意見を交わした。

このレストランの料理は、ボリュームが多く、一人前をふたりで食べると、ちょうどいいくらいだったので、注文の品数を検討しているところに、ソムリエが、再び顔を出した。

その夜が李蘭の誕生日であることを、先ほど、小耳に挟《はさ》んだらしい。ワインの銘柄品を差し出しながら、

「これは、私の奢《おご》りです。奥さん、おめでとうございます。……、私もずいぶん長いこと、この仕事をやっていますが、お二人にお会いして東洋人を見直しました……」

次には副支配人が現われて、この人物は、なにも言わずに、さりげなくバラの花束をサイドテーブルに置いていった。

目を細めて喜んだ李蘭は、食事が終わっても、いつになく、やけにがぶ飲みをした。部屋に戻っても、まだ飲みたりないと珍しく我《が》をはって、その夜、葉介は、初めて李蘭の酔っ払っているところを見た。

彼女は、とにかく、喋り上戸《じょうご》なのだ。

「ねえ、葉ちゃん。あなた、まだ、ここにいたいんじゃないの」

「いや、もうそろそろ飽きたな」

「本当に、そう思ってるの」

「ああ、思ってるさ。やっぱりジェームス山がいちばんだよ」

「そう思ってくれるなら、うれしいけど」

「きょうは、なんだか変だぜ。どうしたの」

「……私ねえ、今度の旅行で、あなたを見直しちゃった」

「へえ、どうしてさ」

「だって、あなたは、たった一ヵ月で、これだけ人気者になるんですもの。知ってるでしょう。ここに泊まっている方たち、皆さん、有名な大金持ちばかりよ。そんな人たちのなかで、あなたったら堂々として、とても立派よ」

「ふうん、そうかな。李蘭のほうがそうだよ」

「いいえ、ちがうわ。私は女だし、それに片腕だから、皆さん、珍しがって、ちやほやするだけなのよ」

「………」

「あなたはちがうわ。年は若いし、お金持ちじゃないし、……だけど、あなたは好かれるわ」

「李蘭と一緒だからだよ」

「そうかしらね」

「そうだよ」

「でも私、長いこと、葉ちゃんを誤解していたみたい。内心では、私、あなたのことを、ずっとこの人みたいだと思ってたのよ」

と、かたわらの本を指さした。

神戸から持ってきた彼女の愛読書のうちの一冊、レイモンド・チャンドラーの名作であった。

「へえ、知らなかったなあ。……それで、どっちのほうに似てるのさ、ぼくが」

「あらァ、自分でわかっているんじゃないの」

と李蘭は、その本を取り上げて、後半の一節を早口で読みはじめた。

「怒ってる……いろいろ……生き抜いてきたが……良心とは……まともな……ギャング……食事の作法……戦争……かもしれない」

いつになく呂律《ろれつ》がまわらずに、まるで聞きとれない。

「そんなのよせよ。それよりもう寝たら」

「いやっ、もう少し起きてます。まだお酒も残っているし」

「今夜は、本当にどうかしてるよ」

「ねえ、もう一杯」

「ほらっ」

「ねえ、葉ちゃん。あなたは、どうして私と一緒にいるの」

「なんだい、今さら」

「お願いだから、正直に言って。神戸に戻ると、もう言い出せないかもしれないわ」

「うん、まずねえ」

「はい」

「按摩《あんま》がうまいし、きれい好きなこと。下らないことかもしれないけど、こんなのも理由の一つだなあ。よし、こっちも飲むか」

「ほかには？……ねえ、壜をこちらにちょうだい」

「料理がうまい。よけいな干渉をしない」

「それだけなの。ああ、おいしい」

「ええっと、お芝居がうまい」

「そんなことしかないの、本気で答えて」

「じゃあ、もっと言おうか」

「はい、お願いします」

「あのねえ、……マルトがとっても楽しい」

「本当にそうなの」

「何度しても飽きない。こんなの珍しいんだろう」

「うれしいわ。涙が出そうよ」

「なんだか、おかしいなあ。本当に、いつもとちがうみたいだよ」

「だって、また一つ年をとって、私、もう、おばあさんだもの」

「いいえ、そんなことはありません」

「じゃあ、どうなの」

「昔とちっとも変わってないさ」

「ありがとう、葉ちゃん。乾杯」

「どういたしまして、乾杯！」

「ねえ、葉ちゃん。ハンガリアの諺《ことわざ》に、『ピクニックは、ゆっくり景色をみないうちに終わってしまう』というのがあるのよ。つまり、人生なんて、あっという間に終わってしまうってことだけど、私、あなたといると、これから、まだまだ新しいピクニックに出かけられそうって感じよ」

「…………」

聞き役の葉介は、とうにダウンしてしまっていた。

ってしまった。

9

翌々日、神戸に戻った頃からは、二人して出かけることはめったになくなってしまった。

タペストリーに夢中になった李蘭は、フランスからわざわざ材料を取り寄せて、一年に一つの割合で大作を完成させて、いっこうに倦《あ》きるそぶりがなかった。

一作目は、荘園での狩猟の遠景で、二作目は、宮廷の大舞踏会の状景であった。

そして完成したばかりの三作目は、葉介と李蘭が仲むつまじく寄り添う姿であった。白いチャイナドレスをまとって長椅子に坐っている李蘭と、背後に立って、その肩口にそっと手を置いている葉介の姿だが、どうやら原図は、李蘭の頭のなかにあるらしい。

その作品に李蘭はなぜか寝食を忘れるほど打ち込んでいて、深夜、葉介が店から帰宅してみると、階下の刺繡台の上に俯《うつぶ》せになって居眠りをしていることがよくあった。

それほど今度のタペストリーには、愛着を感じているらしかった。

二人の肖像を編みこんだその作品が完成した日は、マジョルカ島から帰国して三度目の彼女の誕生日の前日だった。

早々に表装屋が引き取りに来たが、かねてからサイズを知らせて注文しておいたので、翌日の誕生日には、額縁におさめて納品してくれるらしい。

それは見事な出来栄えで、精根をこめて製作した甲斐があって、縦二メートル、横四メートルのフランス刺繡のなかに、李蘭と葉介の生身の軀が封じこめられているかのような会心の作であった。

その夜、ドミノの仕事をチーフ・バーテンダーにまかせて早目に帰宅した葉介は、鏡の部屋で、李蘭とくつろいだ。

「すごいなあ、李蘭。今度のやつ、まるで二人とも生きてるみたいじゃないか」

「あら、そう、お世辞じゃないの」

「なに言ってるんだい、本気だよ。下手な絵や写真なんかより、よっぽどいいよ」

「そう言ってくれるとうれしいけど、でも私、なんだかとても疲れちゃって、あれを刺し終えるのに精力を吸《す》いとられたみたい、軀がだるくて仕方がないの」

李蘭はよほど気分が勝れないらしく、葉介がわざわざ中山手で買い込んできたスイス菓子にも少ししか手をつけず、彼女の誕生日の前夜祭として、鏡の前で久しぶりに再演する予定だった卒塔婆小町の芝居ごっこも、気が乗らないからやりたくないと言い出した。

「そうかい、残念だなあ、せっかく楽しみにしていたのに。……じゃあ、さわりのところだけやろうよ、いいだろう」

葉介は、書棚から、二冊の同じ本を取り出した。近代能楽集であった。

卒塔婆小町は、三島由紀夫の数々の優れた戯曲のなかでも最高傑作の一つで、小野小町と深草の少将の物語を現代化したものである。ただし、小野小町は絶世の美女ではなく、元小町の老婆として登場してくるし、少将にあたる人物は売れない詩人になっている。

その夜、いつになく大儀《たいぎ》そうにしている李蘭に本を手渡した葉介は、無理に頼んで、自分がもっとも好きな箇所を読み上げてもらった。

自分が気に入っているばかりでなく、大声でその箇所を口にすると、李蘭も生気を取り戻すにちがいないと考えたからだ。

いったん鏡の前に立ち、本読みを始めると、李蘭の台詞まわしは、相変わらず素晴らしかった。たちまち女主人公になりきってしまうのだ。

『……昔、私の若かった時分、何かぽうーっとすることがなければ、自分が生きてると感じなかったもんだ。われを忘れているときだけ、生きてるような気がしたんだ。そのうち、そのまちがいに気がついた。この世の中が住みよくみえたり、（中略）十年前からの探し物が戸棚の奥からめっかったり、（中略）そんなときには、……いや、そんな莫迦げたことも若いころには十日にいっぺんはあったもんだが、今から考えりゃあ、私は死んでいたんだ、そういうとき。……悪い酒ほど、酔いが早い。酔いのなかで、甘ったるい気持のなかで、涙のなかで、私は死んでいたんだ。……それ以来、私は酔わないことにした。これが私の長寿の秘訣さ。』

あまりにも絶妙に李蘭がその部分を唱い上げたので、葉介は、思わず、数行先の台詞を口にした。

『おばあさん、あなたは一体誰なんです。』

葉介が六行ばかり飛ばしたにもかかわらず、すかさず相手は答えてくれた。

『むかし小町といわれた女さ。』

『え？』

『私を美しいと言った男はみんな死んじまった。だから、今じゃ私はこう考える、私を美しいと言う男は、みんなきっと死ぬんだと。』

『それじゃあ僕は安心だ。九十九歳の君に会ったんだからな。』

『そうだよ、あんたは仕合せ者だ。……しかしあんたみたいなとんちきは、どんな美人も年をとると醜女になるとお思いだろう。ふふ、大まちがいだ。美人はいつまでも美人だよ。今の私が醜くみえたら、そりゃあ醜い美人というだけだ。あんまりみんなから別嬪《べっぴん》だと言われつけて、もう七八十年この方、私は自分が美しくない、いや自分が美人のほかのものだと思い直すのが、事面倒になっているのさ。』

その夜の李蘭の出来栄えは、かつてないほどだった。鬼気せまるものがあったのだ。

葉介は、李蘭の頭上のスポットライトを灯し、部屋の照明をおとして聞き惚れていたが、慌てて次の詩人の台詞に移った。

『やれやれ、一度美しかったということは、何という重荷だろう。そりゃあわかる。男も一度戦争へ行くと、一生戦争の思い出話をするもんだ。もちろん君が美しかった……。』

葉介が、その台詞を言い終えたとたんに、李蘭は、片手にした本を放り出し、台本にはない言葉を口にした。しかも、目には大粒の涙が溢れていた。

本来、彼女が次に口にするのは、

『かったじゃない。今も別嬪だよ。』

のはずだった。

それを、李蘭は、

「そう。そして、今は、おばあさんよ」

と、地の声に戻って弱々しくつぶやくなり、そのまま二階へのラセン階段を上がっていってしまった。

肩すかしをくらった感じの葉介は、仕方なしにシカゴ・ブルースのレコードを聴きながら、ハイボールを飲むことにした。

数時間後、二階で、李蘭と一緒に寝台にそっともぐりこんで眠りについたのだが、明け方、どちらかが寝返りを打った拍子に目を覚ました李蘭は、やがて小声でささやきかけてきて、その軀を起こすと、葉介の上に跨《また》がってきた。

年をとったせいか、ふとしたはずみで急に不機嫌になることが多くなったけれども、さすがに李蘭は、気だてのいい女で、ひと眠りすると、いつも気を取り直してくれた。おまけに、そんなとき、お詫びの意味合いもあってか、自分の軀で、葉介をやさしく包みこんでくれる行為に取りかかるのであった。

そのマルトのせいで、すっかり元どおりになったのだろうか、昼すぎに葉介を送り出すときには、いつもの瑞々《みずみず》しい肌の色艶が戻っていて、

「葉ちゃん、いってらっしゃい。今夜は、美味しいお粥を作っておいてあげるわね」

と、李蘭は弾んだ声で言っていた。

ジェームス山の家が全焼したその日の夜、葉介は、やむなく舞子《まいこ》のホテルに泊まった。

翌朝の新聞には、ジェームス山の火事と李蘭の焼死について、わずか数行の記事が掲載されていた。

「逃げおくれた老女、焼死」との小さな見出しで、――二日午後七時ごろ、神戸市垂

水区塩屋町西ノ田X番地、無職洪李蘭さん（六十三歳）方から出火、木造二階建ての洪さん方を全焼し、約五十分後に消えたが、逃げ遅れた洪さんは焼死体となって発見された。原因は台所の火の不始末とみられる——と、報道されていた。

「なにが、老女なもんか」

ホテルの寝台の上で、新聞を見ていた葉介はつぶやいた。

現に誕生日の明け方でも、「マルト」の言葉を口にしたのは、李蘭のほうだった。

「あなた、疲れてるのなら、じっとしてていいのよ」

と、勝手に葉介の上にのっかって、ゆっくりと腰を動かしていた。

老女扱いされた李蘭の名誉のために言い添えておくと、子供を産んでいないせいか、その二つの乳房は、こんもりとして垂れ下がっていないし、下腹部には贅肉《ぜいにく》などまったくなく、ただその分よけいな肉がお尻のあたりに集約されていて、そこだけは、むっちりと張りつめていて艶《なまめ》かしかった。

マルトのとき、下になった葉介が少しは応えようとすると、残されている一本の腕でそれを押しとどめ、葉介の左手を自分のお尻のほうにもっていくのだ。三つ目の穴をやさしく愛撫してくれというおねだりで、ほかの誰かに仕込まれた李蘭の悪い癖の一つだった。

寝台から起き上がって、チェック・アウトの支度を始めながらも、葉介には、李蘭がいなくなったという実感が湧かなかった。

それでいて奇妙なことだが、李蘭の死に際だけは、鮮やかに想像できるのだ。――息を引きとる瞬間、煙にまかれて多少の苦しみはあったろうが、心の底では、その煙よりも濃密な充足感に浸りながら、はかなくなっていったにちがいない。

前日の夕暮れどき、李蘭は、時間をかけてお粥の支度をしていた。マルトの結果、とても感じたと言っていたから、上機嫌で鼻唄まじりだったかもしれない。

そこに、真新しい額縁におさめられたタペストリーが届けられてくる。

その最新作を、鏡の部屋に飾ることに夢中になった李蘭は、荷ほどきもそこそこに、大きな額縁ごと階下に運び込んでもらって、壁面に取りつけてもらう。そして、揺り椅子に腰をかけて、新作を見つめながら、時を過ごす。きっとミリー・ヴァーノンのレコードでもかけていたにちがいない。

階上では、ガスのトロ火が、なにかのはずみで包装紙の山に燃えうつる。たちまち火勢は強まって、ラセン階段は猛火につつまれる。

死に臨《のぞ》んで、李蘭は、片腕で、たった一つの逃げ道である鉄棒に縋《すが》ろうとしたろうか……いや、けっして、そんなことはしなかったろうと、葉介は考える。

きっと、李蘭のことだから、ぎりぎりまで、歳月をかけて刺し上げた二人の姿を眺めつづけ、自分にはもう新しいピクニックに出かける機会はないのだと悟った瞬間、煙にまかれて朦朧《もうろう》とした頭と軀で、残っている力の最後の一滴まで振りしぼり、鏡に向かって、「双頭の鷲」の女王の仕種でも演じたのではなかろうか、……ナルシストの果てにふさわしく。

エピローグ

李蘭の葬式には、葉介が初めて顔を見る大勢の中国人の女性が参列して、激しい身ぶりを混じえて泣きわめいてくれたが、それは、葬儀での華僑《かきょう》の作法であるらしかった。

李蘭と葉介のことを知っている人たちは、追悼の辞を、口々に同じ言葉で締《し》めくくった。

気の毒な最期《さいご》ではあったが、故人の晩年は仕合せであったにちがいないというのだ。

けれども、葉介の考えはちがっていた。

仕合せなのは、葉介のほうであった。

李蘭は、この世でかけがえのない存在だった。

彼女は、葉介の正体を見抜いたうえで、しかもなお添い遂げてくれたのだ。

その夜、三宮の書店に足を運んだ葉介は、書棚の片隅に、レイモンド・チャンドラーの名作を見つけて取り出すと、ページをめくった。「長いお別れ」のラスト・パラグラフには、二人が初めて出遇った頃から、そしてフォルメントールでも、李蘭が、しきりに言おうとしていたことが、清水俊二さんの名訳で、こうしるされている。

『怒ってるわけじゃないんだよ。ただ、君はこんな人間なんだ。ながいあいだ、ぼくはどうしても君がわからなかった。ひと好きがして、いろいろといいところを持っていたが、どこかにまちがっているところがあった。一つの信念を持っていて、それを生き抜いてきたが、あくまで君がつくりあげた信念だった。道徳や良心とはなんの関係もないものだった。いいところを持っていたから、いい人間にはちがいなかったが、まともな人間ともギャングやごろつきとも同じようにつきあっていた。まともな英語を話して、食事の作法をひととおり心得ている人間なら、だれでもよかったんだ。道徳に関するかぎりは敗北主義者だ。戦争のためにそうなったのかもしれない……』

ここまで目を通すと、葉介は、本を書棚に戻して、店を出た。

人混みのなかを歩いていても、後ろからフィリップ・マーロウの声が、追いかけてきた。

『ぼくが知っていた君は遠くへ去ってしまった。しゃれた服を着て、香水を匂わせて、まるで五十ドルの淫売《いんばい》みたいにエレガントだぜ』

『芝居だよ』

『芝居を楽しんでいるんだろう』

葉介は、大きく頭を振って、作中人物のように唇をまげて、淋しそうに笑った。それから、思わずマーロウに詰《なじ》られている男の返事を口にしていた。

『もちろんさ。芝居だけしかないんだ。そのほかにはなんにもない、ここには……』

と、テリーのように胸に手をやりながら、ふと我にかえり、中空に向かって言葉を継ぎたしたが、鼻の奥のほうから、ツンと熱くこみ上げてくるものがあった。

「そうだろ、李蘭。なあ、そうだよな」

解説　トンマなピュリタンの物語

色川武大

樋口修吉と偶会したのは、編集者たちの溜り場にもなっている新宿の酒場だった。阿佐田さん――、と少し離れた席から、不意に彼が声をかけてきた。

「〝麻雀放浪記〟の坊や哲は貴方自身ですか」

「――いや、あれは小説ですよ」

「それは知ってますが、本当にあんなに強かったんですか」

「若い頃の一時期はね。誰だってそうだろう」

「ぼくは知ってますよ。根津で、負けたでしょう」

「根津――？」

「その人にきいたんだ。それほど強くなかったって」

三四人の頭越しなので、彼はかなり大声になっていたが、それほど酔っているとも思えなかった。

「根津、あの辺で、そんなことがあったかな」

「はっきりした町名は知らないが、根津、駒込、あの辺ですよ」

「あそこらだと、一軒の麻雀屋をのぞいてあまり歩いたことはないね。一時期いりびたっていたその店でも勝ち組だったはずだがな。俺は基本が文無しだから、負けてたら続かないよ」

「忘れてないはずですがね」

「麻雀クラブかい」

「いえ、店じゃない」

「賭場のような所――？　種目は麻雀？」

「隠すなんてセコイよ」

「隠しちゃいないよ。麻雀なんて全勝は不可能だろう」

「ひと晩じゅうやってですよ」

「いつ頃の話――？」

「――昭和三十年代でしょう」

「それじゃ別人だな。俺がゴロついてたのは昭和二十年代前半の四五年だから」

「いや、貴方ですよ」

彼は確信ありげにそういい、話は平行線だった。なんとなくからまれたような気分になったが、そばの編集者が、小説現代新人賞をとった樋口修吉氏だと紹介してくれ、彼は関心のある人物には、あんなふうにして近づこうとするんですよ、といった。

まァそんなことはとるにたらぬことで、その後まもなく偶会が重なり、私の所にも遊びに来るようになった。私の方もすぐにうちとけた。一つには、新人賞をとった彼の第一作〝ジェームス山の李蘭〟が直木賞候補になり、その折りに一読したせいもある。

端的にいって、これは傑作だと思った。私はその種の言葉を使うことに慎重な方だが、彼のこの後の作品次第では、長く残るに足る娯楽小説かも知れぬと思った。二の矢、三の矢、或いは年月がたってからでもいいが、再び傑作を書くと、前の作品が生き返ってきて再評価されるものだ。

直木賞にははずれたが、それは直木賞の性格の問題もあり、詮衡《せんこう》基準がおのずから違う点もあるので、この賞にはずれる傑作が往々にしてあるものだ。

この作品は、かりに十人の読者が居るとして、十人全部がいい点をいれるということにならないだろう。しかし、そのうちの何人かは、最高点をいれる人が居る。点をいれる人は、必ず最高に近いいい点をいれるだろう。

傑作とは、そういうものではないのか、と私は思う。作品の価値は、万人向きというような巾の広がりの問題ではなくて、その作品世界に完全に巻きこまれて、惚れこんでくれる読者をどれだけ持つか、ということにあるように思う。

〝ジェームス山の李蘭〟を、嫌う人はハナから嫌うだろう、面白がる人はこの作者の名をなかなか忘れないだろう、そんな小説だ。

どうしてかというと、これはナルシストの小説だから。小説家にしろ、芸能人にしろ、人前に個人技を示す者は、例外なしにナルシズムの度合が濃いのだが、ナルシズムというものを小説にするのは、存外にむずかしい。というのは、読者の中にもある自己愛の部分に訴えなければならないが、こうした自己愛は、嫉妬ぶかいものでもあって、他人の手放しの自己愛とその偶像を、なかなか受けいれようとしないからだ。したがって、この種の小説は、周到な配慮と抑制、偏狭な読者を巻きこむためのトリックや偽装が必要となってくる。

谷崎潤一郎や深沢七郎や、或いは田中小実昌がそれぞれのメイキャップを作中でしているように、健全な市民からするとマイナス面にあたるような部分を、まず誇張気味に示して読者の優越感を誘い、その落差の中で自己愛を軸にした物語をする、という具合に用心深い。

〝ジェームス山の李蘭〟の作者も、そのセオリーに則って、まず主人公にはずれ者を自認させる。しかもこのナルシズム小説、なかなか陣立てに凝っていて、主人公は非常にパセティックで、特定の他人に対して忠実極まる存在でもあるのだ。

あたかも、敗戦後の日本のように（実際また敗戦時の風俗がしたたかな筆力で描かれても居るが）あくまで勝利者に従属し、同時にナルシズムにも徹して行く。それから　また中国を具現したような巨《おお》きな女性が出てくる。読みようによっては、人間模様としての正確な敗戦史にもなっている。

大仰にいえば日本人全体がナルシスト的でトンマなピュリタンといえないこともない。

――一つの信念を持っていて、それを生き抜いてきたが、あくまで君がつくりあげた信念だった。道徳や良心とはなんの関係もないものだった。いいところを持っていたから、いい人間にはちがいなかったが、まともな人間やゴロツキとも同じようにつきあっていた。――

チャンドラーの文章に託して作者も述べているが、ナルシストというものは、自分の中のバランスがとれているかぎり（自分に忠実でありえている限り）何物をも恐れない。ある意味で神よりも強い。但し、唯一の大敵は、自分のバランスが崩れるとき、崩れるような目に会うときで、したがって、この点を回避するためならば何物を犠牲にしても惜しまれない。

樋口修吉は、心にもないことを、絶対に書かないだろう。そのためなら餓死もいとわぬだろう。

だから、好みの問題はともかく、記すことが信用できる。彼の血液がフィクションと化されて記されているのである。娯楽小説だとか純文学だとか、範疇《はんちゅう》はどうでもよろしい。小説の存在感は、まずこのあたりから生ずるはずだ。

この本と関係があるような、ないような事柄であるが、冒頭の初対面のときの会話について、その後しばらくして、私はひょっこりあることを思い出した。

昭和三十年代、も後半だったか、もう阿佐田哲也の名前で〝麻雀放浪記〟を週刊誌に連載していた頃だったかもしれない。画家の秋野卓美さんに誘われて、彼の友人の麻雀好きの家に行った。家庭麻雀だったが、その夜私はツキがなくて、ずうっと、ひと晩じゅう沈んでいた。

それが、田端か日暮里か、あの辺の国電の内側だったと思う。まだ後楽園競輪がやっている頃で、その翌日が最終日、徹夜になると競輪に行けないなァ、と思っていたのだから、私が延長させたわけではないが、ずるずると長くなって、朝も終らず、午後の二時頃まで続いた。あと二回で泣いても笑っても終了というところで連勝し、辛うじて、沈みをなくしたはずだ。けれども勝ったともいえない。その頃、持病が進行したせいもあって、麻雀ももう地力が落ちていたが、苦戦してフラフラで、その足でまた後楽園競輪の最終レース近くに駆けつけた記憶がある。

樋口君、そういうことでありまして、私はゴロツキ時代のことを思い出そうとして、中年時分が記憶の盲点に入ってしまったが、たしかにそういうことがありました。あのとき何人もの男たちが出入りしたから、ひょっとすると貴君もその中の一人だったのかもしれません。たしかに貴君が出入りしそうな、モダン遊び人のたたずまいのある家庭でありましたな。

（一九八八年四月刊　講談社文庫版より再録）

この作品は1988年4月刊講談社文庫を底本としました。

本作品はフィクションであり実在の個人・団体などとは一切関係がありません。

なお、本作品中に今日では好ましくない表現がありますが、著者が故人であること、および作品の時代背景を考慮し、そのままといたしました。なにとぞご理解のほど、お願い申し上げます。

（編集部）

徳間文庫

ジェームス山《やま》の李《り》蘭《らん》

2021年10月15日　初刷

著者　樋《ひ》口《ぐち》修《しゅう》吉《きち》

発行者　小宮英行

発行所　株式会社徳間書店

東京都品川区上大崎三−一−一　〒141−8202
目黒セントラルスクエア

電話　編集〇三(五四〇三)四三四九
販売〇四九(二九三)五五二一

振替　〇〇一四〇−〇−四四三九二

印刷　大日本印刷株式会社
製本

ISBN978-4-19-894684-5　(乱丁、落丁本はお取りかえいたします)